Caja de espejo para un amputado

Domingo Palma

FINALISTA
V CONCURSO INTERNACIONAL DE NOVELA
CONTACTO LATINO

ISBN-10: 1-63065-071-4
ISBN-13: 978-1-63065-071-1

PUKIYARI EDITORES
www.pukiyari.com

"Let go.
Let it bear you up and carry you,
and everything's so clear because you're not fighting
back anymore,
the clouds of anger are out of your face,
you see further, and clearer than you ever though you
could."
—Thomas Pynchon, Against the day.

"El mejor enemigo de la felicidad no es el dolor, es el
miedo".
—José Ovejero

"Y morirme contigo si te matas
y matarme contigo si te mueres
porque el amor cuando no muere mata
porque amores que matan nunca mueren".
—Joaquín Sabina

*A Maite, a quien extraño tan pronto
sale de mi abrazo.*

ÍNDICE

UNO

Llegaron formados en V, como en vuelo de exhibición. Cinco aviones caza. Uno en punta de lanza con dos centinelas a cada costado. Asemejaban réplicas tamaño natural de aparatos de la Segunda Guerra Mundial. En una espabilada cruzaron la ciudad de un extremo al otro seguidos por la mirada de los curiosos. Todavía todo parecía normal. El aeropuerto que sobrevolaban fue comercial cuando lo construyeron pero la ciudad lo arropó por completo, haciéndolo peligroso para la democracia de la aviación comercial. Así que lo transformaron en aeropuerto militar, y pronto se convirtió en un importante bastión de orden en el corazón de la capital, muy conveniente para el personal gubernamental. Eran usuales las maniobras de helicópteros colosales de doble aspa y de aeronaves usadas en alguna guerra ya olvidada. Espectáculos inesperados que los atascados en tráfico llegaban a agradecer con bocinazos. El segundo sobrevuelo fue a más baja altura.

Más atrevido. Su rugido repiqueteó en las columnas vertebrales de quienes lo escucharon. Las manos de los choferes se fueron de inmediato a los botones de la radio. En las oficinas, los empleados se asomaron a las ventanas. En las casas, las familias se asomaron a la calle y encendieron los televisores.

Macuto los contempló a través del parabrisas y pensó: *¡Ya está! Por fin se decidieron. Llegaron los cambios. Ahora todos seremos una masa uniforme: el pueblo.* Y ese pensamiento lo dejó en ascuas. Detuvo el auto en la esquina y sacó medio cuerpo por la ventana. Los botones de sus emisoras preferidas lo hicieron saltar de *Lágrimas del cielo*, a la noticia acerca de lo débil que se estaba volviendo la capa de ozono. Del *Meneíto* y sus implicaciones sociales a la quema del edificio de la Asamblea Regional en Cartagena, España. De *Lo mismo que yo*, a las mieles pegajosas del jazz romántico. Nadie se había percatado de lo que estaba pasando y se tardarían un rato antes de darse cuenta.

Macuto estaba a un par de minutos de hacer entrega de la encomienda que iba derritiéndose en el baúl. Pasó de largo la dirección para asomarse al aeropuerto a ver si lograba captar detalles de lo que sucedía. Un observador cualquiera no hubiera notado nada inusual. Macuto, en cambio, se fijó en el movimiento en los hangares. En la entrada del aeropuerto había comenzado a hacerse una fila de camiones pintados de camuflaje. Otro camión militar atravesaba la pista a más de ochenta kilómetros por hora. La alcabala de la entrada dio puerta franca para lograr deshacer la ristra de camiones. Estaba pasando. Macuto se devolvió a tratar de entregar el encargo tan rápido como le fuera posible.

—Por fin —dijo ella viendo a Macuto bajarse del taxi. Lo vio ir a la cajuela y sacar la bolsa de hielo haciéndose agua. Sus gotas fueron dejando una línea tartamuda que el sol deshizo en el mismo orden en que tocaron tierra. Ya hacía más de media hora que saltaba de una a otra ventana esperando encontrarse con la imitación barata del tradicional taxi neoyorquino. El niño estaba por despertarse a comer y si la leche formulada no estaba fría el apartamento de menos de ocho metros cuadrados se convertía en un infierno colosal. Abrió la puerta antes de que Macuto pudiera llamar a ella.

—Gracias —susurró ella tan azorada por el tiempo que tendió la mano para recibir la bolsa.

—Está pesada.

Ella se llevó el dedo índice a la boca mientras hacía una mueca de disculpa por el atrevimiento del gesto.

—El nene está dormido.

—Perdón. Si quiere la llevo adentro y la pongo donde siempre.

—Sí, claro. Por aquí.

—O mejor… —dijo Macuto—, si quiere traemos su nevera y la llenamos aquí afuera.

—Mejor.

El olor a humedad le pegó tan fuerte que cerró los ojos al entrar. Por eso se detuvo aunque tenía poco tiempo para perder. El marido estaba adentro, entretenido con la consola de juegos de video que lo mantenía despierto para hacer las veces de enfermero postparto de su mujer. El único mueble en todo el espacio era un banco de madera donde reposaba la bañera portátil del niño. Las cortinas eran sábanas viejas de la familia.

Macuto no los conocía. No sabía sus nombres. No sabía dónde trabajaban. No eran amigos. Eran sus clientes. Todos los días les traía una bolsa de hielo y le pagaban con efectivo. Al parecer ella ya se estaba sintiendo mejor, concluyó Macuto, porque quien lo recibió hasta ese día había sido el marido. Un muchacho.

Ella no llevaba encima el dinero para pagarle. Macuto supo que el esposo estaba en casa por la algarabía de sonidos electrónicos que le llegaban del cuarto. Mientras esperaba a que ella volviera, Macuto se acercó a curiosear el único cuadro que había en toda la casa. Una amarillenta tarjeta de invitación atrapada en un marco cubierto de vidrio antireflejos. En caligrafía grandilocuente de color dorado escrita sobre papel de hilo podía leerse dos nombres completos y los tres apellidos en toda su extensión de la pareja a quien se le pedía hacer el honor de presentarse a palacio para una cena en una fecha específica del siglo pasado. La invitación estaba firmada por el General Francisco Franco. Aquél tenía que ser un tesoro familiar heredado de los abuelos porque ellos estaban muy chicos para que hubieran sido sus padres los dueños de los nombres en la tarjeta. Macuto sonrió sin darse cuenta. Hubiera querido tener una cámara fotográfica a mano o una fotocopiadora cerca.

La primera explosión, muy opaca, sacó a Macuto de sus pensamientos. Enseguida apareció ella, con la urgencia fingida de quien se le ha hecho tarde para una tarea rutinaria. Macuto le recibió el dinero en efectivo mirando lejos. En aquel momento era sólo oídos atentos. No se escuchó una segunda explosión. Los cazas siguieron de largo. No se encendieron autos ni se oyeron disparos. Ella estaba de pie, frente a él, incómoda por su falta de reacción. La detonación de una pequeña bomba vieja que deja caer un avión gris pálido a diez kilómetros de distancia no suena como el estruendo envolvente de las películas de acción. Un golpe de un barril. Un auto estrellándose contra un árbol. Un televisor estrellándose desde un quinto piso. Menos que eso. Macuto se dejó acompañar hasta la puerta. Ella le explicó que estaba a punto de comprar una refrigeradora eléctrica pero que estaban ahorrando para comprar una que les durase diez años. *Ese sería el tiempo de dos gobiernos democráticos*, pensó él.

Ya afuera, Macuto miró al cielo como quien busca un pronóstico rápido del tiempo para así poder decidir qué hacer la próxima hora. Se quedó a la distancia en que le era incómodo a ella cerrar la puerta sin sentirse grosera. En la azotea del edificio que les quedaba en diagonal, asomaba el arma de un francotirador. Macuto se volteó a hablarle. Ella le devolvió una sonrisa nerviosa.

—¿Ustedes tienen televisor? —preguntó Macuto.

—El que usa mi esposo.

—¿Podemos ver las noticias ahí? Es importante.

Macuto tardó un instante en acostumbrarse a la oscuridad de la habitación. El esposo cambiaba canales sin encontrar nada. Sólo estática.

—No hay nada.

—¿Ninguna noticia?

—No hay tele.

—Ah. Yo tampoco tengo cable pero tal vez puedes encontrar alguna televisora de señal abierta.

—No. No me entiende. Tumbaron los canales. ¿Qué está pasando?

—No sé, pero algo está pasando en el aeropuerto. ¿Tienen otro lugar a dónde ir?

—A casa de mi madre.

—¿Dónde es eso?

—Más al este. Hacia el cerro.

—¿Muy lejos?

—¿Quince minutos? —calculó el esposo.

—Los llevo.

—No tenemos con qué...

El sonido vacío, como de un tanque de agua al caer, dejó al esposo a media frase. Enseguida escucharon el golpeteo rítmico de dos tablas tartamudas.

—¿Eso fue una explosión? —preguntó el esposo.

—Seguida de una ráfaga de ametralladora —contestó Macuto.

—Voy a llamar a mi madre —dijo ella.

—Voy por el niño.

El teléfono le sonó en la mano.

—Es mi madre —dijo ella a los hombres y luego continuó al celular—: te estaba marcando.

Todo en la calle seguía normal. Ellos nunca viajaron en su taxi. Este chofer parecía buena gente. Es voluminoso como un coloso inflable pero con la densidad de un buque transoceánico. Feo, como los pensamientos de un cura malo. Las manos de gorila, los pies de un elefante. ¿Se mandará a hacer los zapatos? Era él quien le recibía el hielo siempre, no ella. Aquel día se estaba haciendo excepcional en todo. Volvió a arrepentirse de ser padre. Iban camino a casa de su suegra. Su mujer cargada con todo lo esencial para vivir: ropa, pañales, la fórmula del niño y sus dos tetas. Él llevaba al niño en brazos. Ambos sentados en el asiento trasero del taxi como dos clientes más. Este no era un mundo para traer hijos. Dice su madre que Dios siempre te envía un balance: si te sale un uñero te aumentan el sueldo, por ejemplo. Él tuvo un hijo y nunca pudo ganar en las carreras de caballo de todos los domingos. Pero no se puede pedir el balance que uno quiera. ¿Será que le viene un balance completo que tomará en cuenta el golpe de Estado? *Nos vendría bien un balance a todos los habitantes de este país,* pensó él, pero enseguida se corrigió:

—Es por el petróleo —dijo en voz alta sin darse cuenta.

—¿Qué dices? —le pregunta ella.

—Nada —le contesta él.

—Dice mi madre que no es un golpe de Estado, que son unos mocosos que se montaron en los aviones militares a dar vueltas.

—Como niños que le roban la llave del carro al padre —dice él—. La semana entrante le pagamos el aventón, ¿sabe? —le dijo a Macuto.

—La semana entrante será la semana entrante —le contestó Macuto.

—¿Usted cree en este país, señor? —le pregunta ella a Macuto.

—¿Perdón?

—Creer es un acto de fe —dice el esposo.

—Mi marido no cree en este país —dice ella.

—Crees en Jesucristo, en Buda, en Alá, en la vida eterna, en la vida después de la vida...

—¿En este país? —pregunta Macuto.

—Sí. ¿Cree usted en este país? —le reitera ella.

—No sé. Quiero creer. Quisiera que todos creyéramos. Sobre todos los demás. ¿Me explico? Eso lo haría importante.

—Igual para mí creer como acto de fe sería más fácil que confiar en este país —dijo el esposo.

—¿Oyó? ¿Oyó lo que dijo el padre de mi hijo?

—Para decirle la verdad, a mí la fe o la confianza en que las cosas pueden cambiar me la dio un tipo vestido de superhéroe.

—Perfecto —dijo el esposo.

—Ya llegamos —dijo ella.

—¿Dónde los dejo? —pregunta Macuto.

—En la esquina y nosotros cruzamos

—Yo doy vuelta en U. Igual tengo que regresar.

—Debería subir al apartamento con nosotros —dijo ella—, mi madre encantada.

—Tengo que devolver el taxi y volver a mi casa —contestó Macuto antes de despedirse y seguir su camino.

Macuto buscó dónde parar el coche por unos instantes. Ahora que había dejado a los chicos a salvo podía encender la radio sin miedo. Encontrar un lugar dónde estacionar nunca es fácil en la ciudad. Los vecinos dejan sus carros en las aceras por días. Hasta se avisan por teléfono cuando alguien se dispone a desocupar un puesto y no trae un relevo para ocuparlo.

Los lugares frente a los edificios tienen ocupantes conocidos por todos en la cuadra. Respetarlos es una regla no escrita del buen vecino. Ocuparlos por períodos considerados muy largos es correr el riesgo de que tu auto sea arrastrado por una grúa o que te desinflen los cuatro neumáticos.

Macuto encontró una calle secundaria donde estacionar en doble fila. Se detuvo junto a un madrugador que terminaba de dormir su noche dentro del coche. Los amortiguadores del taxi se quejaron de alivio al librarse del peso. Macuto apuró el paso hasta la parte de atrás del carro. Le dio vuelta a la llave y la maletera se abrió soltando un sonido de gaseosa en lata. Miró a las azoteas. Ningún movimiento. Tampoco en la calle. Ni en las esquinas. Al parecer todo estaba ocurriendo allá abajo, alrededor del aeropuerto. Sacó el plástico mojado donde colocó la bolsa de hielo y con la otra mano agarró el gancho de ropa que le servía de antena de radio. Hizo un ovillo con el plástico y se le cayeron las llaves al piso. Con una mano metió el gancho de metal en el hueco de la antena rota mientras con la otra mano sostenía el plástico contra el cuerpo. Ya con las manos libres comprimió el plástico en una pelota y fue a dejarla en el matero del árbol más cercano sobre la acera. Nadie lo iba a notar. Las calles eran un basurero.

Macuto se debatió por última vez entre las bondades de lo que él llamaba un gobierno de clanes y uno personal. *La diferencia con los regímenes de facto es que hay quien quiere guardar las apariencias. Una cabeza responsable con nombre y apellido que tiene interés humano de ser recompensado con el aprecio de los demás. Alguien que va a asegurarse de que las calles estén limpias, de que la gente pueda dormir con las puertas abiertas, de que todos los pedidos de ayuda que lleguen a palacio sean atendidos. En las democracias sostenidas por las sustancias valiosas que aparecen en el suelo y por tanto son "patrimonio del Estado" la notoriedad es repartida entre los miembros de los partidos políticos. Ya no hay nadie a quien le haga falta la compensación de las calles seguras y limpias, de los logros científicos, artísticos o deportivos. Así que no hay nadie que lo haga, punto.*

Las llaves del taxi quedaron entre su taxi y el carro del adormilado. Macuto se agachó a recogerlas. Al erguirse vio a su alrededor lucecitas como de luciérnagas. La alarma del auto de junto comenzó a sonar con su fastidiosa intermitencia. El dueño del auto despertó y se unió a la protesta. Macuto, sobándose contra el taxi llegó hasta la puerta del chofer y se dejó caer como un enorme oso de peluche en una caja de embalaje. Con el volante incrustado entre los pliegues de su barriga, bombeó un par de veces el acelerador antes de dar vuelta a las llaves del encendido. Como siempre, la angustia boba de que el auto no se pondría en marcha le hizo eterno el momento. El olor del perfumador de ambiente le dolía en los ojos. Estaba hiperventilando. Una aspiradora y un trapo húmedo eran suficientes para devolverle el color al interior completo. El motor encendió al primer intento. Macuto movió la palanca de la P a la D y reanudó el viaje tan pronto como pudo.

El sol brillante alegraba la vestimenta de los transeúntes. El calor goteaba por los cuerpos como si todos estuvieran haciendo algo productivo. El comerciante que lava la acera frente a su tienda con un envase vacío de pintura y una escoba vieja. La chica que muestra orgullosa que no se le notan los años ni las cirugías. El vendedor de helados empujando el carrito mientras ensordece a todos con la campanita. Los trabajadores del ministerio de obras públicas disfrutando de un cigarrillo rodeados de conos de seguridad. En la radio repetían cada diez minutos la alocución que dio el gobernador de la nación. En ella aseguraba que todo estaba bajo control. Los insurrectos, un grupo de militares de bajo rango actuando sin mayor disciplina, había sido reducido y estaban bajo la custodia de las autoridades competentes. Lo que Macuto escuchaba era el fin de una época. El pánico de la cúpula se le presentaría a todos como fuerzas del orden vestidas en uniformes de faena. Las migajas que compartían con los de abajo para mantenerlos en calma y mostrarlos como logros de la democracia serían olvidadas y reemplazadas por vigilancia que los opuestos al régimen llamarían opresión. Macuto decidió que debía salir del país para terminar de criar a su familia.

Lo más eficiente en ese momento era quedarse con el taxi para atravesar la ciudad y llegar más rápido a casa para estar con la familia. La máquina estaba en buenas condiciones para llevarlos a todos hasta el otro lado de la frontera. Los asientos no eran los más cómodos para viajes de ocho horas, pero con un par de almohadones los niños duermen tranquilos, y en el baúl cabe lo suficiente para arrancar de nuevo. Ni siquiera lo había hablado con su mujer y ya la idea se le hizo refrescante. No estaría mal avisarles para que estuvieran listos.

Levantó el auricular del único teléfono público que encontró aún con el aparato intacto. Se lo llevó al oído y las puntas del plástico roto le rasparon la oreja. No, el estado de los teléfonos no era debido al golpe de Estado en desarrollo. Si alguna relación tenía con los acontecimientos era como reflejo de algunas de sus causas. Un temblor suave le estremeció los adentros. Volteó a todos lados a buscar el origen. En la esquina a su espalda pasaba un convoy de tres tanquetas ligeras llenas de guardias nacionales. Macuto sabía que salir del país a hacer una nueva vida era una frase fácil de decir, nada más. Más tarde iría a entregar el taxi a su dueño porque lo más probable era que al día siguiente estuviera haciendo lo de siempre: buscando lo que él y su familia iban a comer ese día.

Macuto sabía que su panadería favorita iba a estar abierta. El trigo llegó al país con los buscadores de minerales preciosos y el dinero de las coronas europeas. Antes no sabían hacer pan porque el principal cultivo era el maíz. Pero de eso hacía mucho tiempo. Esta nueva ola de panaderos los trajo la guerra moderna hasta esta orilla. El comercio local estaba cerrando. Por miedo a la seguridad personal, al no estar seguro de lo que estaba pasando o iba a pasar, y a perder la mercancía a manos del desorden que pudiera ocurrir de un momento a otro. El panadero también tenía miedo, pero era más suave comparado con los peligros a los que ya se habían sometido. Eso le permitía discernir. Por eso preferían prepararse para cosas peores acumulando dinero en lugar de encerrarse a sufrir por lo malo que pudiera pasar y no había pasado.

La panadería estaba llena de gente, como siempre. Tres neveras horizontales colocadas paralelas a las paredes formaban los pasillos detrás de los cuales se desplazaban los tenderos. Al centro se apelotonaban los clientes señalando sus pasteles preferidos con dedos hambrientos. El rumor de los motores refrigerando los comestibles obligaba a que los clientes levantaran la voz a la hora de ordenar. La señora que no tuvo tiempo de preparar nada: tres jugos de naranja, dos emparedados de jamón y queso y tres flanes de caramelo. El señor que no pudo pasar por el supermercado: un litro de leche, una caja de cereal precocido y un tubo de pasta de dientes. El que viene directo de la fiesta y necesita recuperar el día: una soda doble litro, dos aspirinas y medio pollo rostizado. Todos seguros de lo que quieren porque llevan dinero en el bolsillo y hasta aquel momento se les hacía inagotable.

—Un marroncito y un cachito de jamón por aquí, Edigio —ordena Macuto.

Macuto es tan grande que está acostumbrado a ser parte del paisaje. No tiene la piel tersa ni la mirada inocente. Su tamaño es amenazante. Por eso se viste bien siempre. Ya es suficiente con su aspecto para que además él le sume el desprecio que denota el ir con ropa descuidada. Por eso a veces lo confunden con los hombres que ponen en las puertas de los bares y discotecas. Uno de sus viejos clientes se paró junto a él frente al mostrador y ordenó un café.

—Así lo pedía mi tía —le dijo Macuto a modo de saludo.

El hombre se volteó a verlo a la cara y una vez más Macuto se intimidó con lo hermoso de sus grandes ojos enmarcados en un rostro bien parecido. En otro lugar del planeta, este hombre se hubiera hecho una fortuna frente a las cámaras. Aquí le pagan por las veces en que actúa en las telenovelas. Sin derechos de propiedad. Eso es un poco menos de lo que obtiene un oficinista de bajo rango por año cuando la serie es un éxito. Y no tiene compensaciones como seguro médico o retiro.

—¿Qué tal, señor? —Lo saludó el actor disimulando que no recordaba su nombre—. ¿Y el carro?

—Allá afuera está, a la orden.

—Aquí está lo que pidió —le dijo el panadero a Macuto mientras le entregaba lo que ordenó.

—Gracias, Edigio, cóbrate y te quedas con el cambio —le dijo Macuto.

—A tu tía le gustaba el café con leche, ¿entonces?

—Lo pedía con leche fría —afirmó Macuto.

—Ah, sí. Odio quemarme con el café.

—Sí, como las máquinas de *expresso* calientan con vapor…

—No sabe a café. Sabe a dolor —contestó el actor.

El comentario le recordó a Macuto la sonrisa de maestra con que su tía celebraba las buenas intenciones. Los abrazos que le daba y que nunca lograban abarcarlo. Los desayunos dominicales de cuando podían sentarse todos juntos.

—Creo que es la primera vez que te veo sonreír —le dijo el actor.

—Mi tía. Mi tía era buena gente.

—Su café y la media cuenta de pan —le dijo el panadero al actor.

—Está calentito, gracias —le contestó el actor.

—¿Qué tal va la telenovela?

—Iba bien, pero me acaban de suspender la grabación por todo lo que está pasando.

—Sí. Ya no sabe uno a quién creerle pero dijeron que ya habían acabado con eso.

—Con lo de hoy, tal vez. Ya veremos si acabaron con todo.

—¿Tienen más grabaciones esta semana?

—A diario. Pero hoy ya no.

—Y no te convocaron para mañana.

—Nop. A ver qué pasa.

—Todo parece normal cuando sigues tu rutina, pero esas son las apariencias.

—¡Es cierto! ¿Sabes que vi ayer? A un hombre vestido de superhéroe.

—Te digo. Algo cambia.

—Uno de los técnicos lo conocía. Íbamos a grabar un capítulo de la telenovela en un barrio pobre, y ya sabes, nos fuimos a un barrio del oeste. Pero el tipo iba de superhéroe de pies a cabeza. Te estoy hablando de pantalones azules de *lycra*, una correa amarillo pollito, una S de superhéroe en el pecho, botas y capa roja. El traje lucía auténtico.

—¿Dónde fue eso? —preguntó Macuto interesado.

—Camino al oeste. Y el tipo iba, tan campante, fresco, tranquilo, feliz. Y cuando este tipo que iba con nosotros lo saludó, se volteó y le contestó el saludo. Genial.

—Bueno, alguien que se divierte.

—¡La cosa más particular! Pudiera haber sido cualquier payaso pedigüeño de los que se ponen en los semáforos, pero con ese traje... no creo que le haga falta pedir...

—¿Hablaste con él, o algo?

—No, este técnico dijo que alguna vez lo entrevistaron en el canal y que quiso tener un programa, pero ya sabes, cuentos de camino.

—Cuidado si resulta siendo todo cierto.

—Nada me sorprende ya. Bueno, me voy porque si llego con el pan frío es como si no hubiera llevado nada.

—¿Quiere que lo acerque en el taxi? Sin cargos.

—Gracias, me mudé aquí mismo. A la vuelta de la esquina.

—Ah, por eso nos vemos menos.

—Dame una tarjeta. Siempre hace falta quien le dé a uno un aventón.

—¿Algo más? —le preguntó el panadero a Macuto.

—No, gracias. Yo voy a entregar este taxi a su dueño y me voy a mi casa a esperar.

Los padres de Macuto conocieron la dictadura de cerca. Su tío fue oficial de bajo rango en el gobierno de facto. Pero cuarenta años es suficiente para olvidar. Nadie quiere recordar que fue débil. Que vendió la libertad a cambio de la apariencia. La vergüenza nos va quitando las palabras. Macuto iba a bordo de una buseta llena de mudos muy seguros en sus silencios porque no se acuerdan de nada. Él era uno de esos mudos. Todos apostando a que nada ha cambiado. El tráfico seguía igual. La gente seguía yendo al trabajo. En la iglesia no sólo había misa, había bodas. Los negocios estaban abiertos. Se podía ver una que otra tanqueta militar. Algún pelotón de soldados armados y en traje de faena cruzando las plazas como si fuera parte de la rutina. Para eso están: para guardar el orden. Todo seguía en su lugar. Todo funcionaba como siempre. No tenían nada que temer. No estaría mal reconectar con sus suplidores. Los medicamentos son lo primero que desaparece. Sin darse cuenta acercó el maletín hacia él. Allí llevaba dosis para un rato más. La salud de Manzana descansaba en el medicamento que evita el rechazo del riñón. En ese maletín también iba su uniforme de vigilante nocturno. El arma no. Esa la llevaba bajo el sobaco. Y en la cartera, su vieja placa de policía. Nadie se detiene a ver la fecha cuando se la enrostras acompañada de gritos y una 38 en la otra mano.

—A lo mejor ya tenemos otro gobernador en la silla y no nos han dicho nada —Macuto masculló para sí mismo.

—¿Perdón? —le dijo la abuelita sentada en el asiento del otro lado del pasillo.

—Nada… —contestó Macuto—. A veces hablo solo sin darme cuenta.

—Nos pasa a todos —le contestó la señora quien tenía la edad para acordarse del último dictador sin tener que recurrir a los libros de historia.

La buseta enfilaba para el oeste de la ciudad sin otro contratiempo que el tráfico de la hora pico. Un par de pasajeros se levantó para ver el porqué del inusual aumento en la densidad del tráfico. Macuto también lo hizo. A mitad de la cuadra se podía observar un grupo grande de personas que parecía estar esperando el autobús. Tal vez ya comenzaba a afectar todo. Tal vez las busetas estaban dejando de pasar con la frecuencia que debían. Macuto se sentó. Ya se enteraría al pasar por ahí. Poco a poco los demás se sentaron y fue cuando logró ver el motivo del tumulto: Ender. Macuto conocía a aquel hombre que iba rodeado de curiosos que lo acompañaban con sonrisas de vergüenza, de carcajadas de burla, de insultos susurrados. Aquel hombre vestido de superhéroe de pies a cabeza que les devolvía el interés que le prestaban en pose de comando y con una sonrisa televisiva... era Ender.

El chofer usó su voz de solista salsero para decir con pulmones de anunciante que por una cortesía de su empresa autobusera en conjunto con una productora de películas para el cine mundial les traía a todos el auténtico hombre de acero. Todo el autobús se unió en un coro de carcajadas incluyendo a Macuto. Pero el superhéroe subió sin decir nada. Fue hasta un asiento vacío que encontró y se sentó tranquilo con una sonrisa adornando su rostro.

El tráfico se alivió un poco. Era el hombre vestido de superhéroe quien había congestionado la esquina. Durante el recorrido los tipos con la boca llena de risa le pasaban por un lado y le preguntaban por qué necesitaba un colectivo para trasladarse. Las mujeres en cambio le preguntaban por qué iba vestido así. El autobús se llenó de entusiasmo. Una rareza que Macuto no había visto nunca en una buseta llena de extraños.

Ender seguía siendo el mismo tipo discreto y de buenas maneras que Macuto conocía. Nunca contestó

Domingo Palma

de mala manera a ninguno de los chascarrillos que le lanzaban en la cara. Sus respuestas eran cortas y educadas. Exceptuando el traje, no se conducía de manera extravagante. No hacía demostraciones de fuerza. No se paseaba por el pasillo como si estuviera desfilando. No buscaba la mirada de nadie. Era el mismo tipo normal que Macuto recordaba, con la excepción de que no se había quitado el traje de superhéroe.

La abuela que viajaba en el asiento de al lado llegó a la conclusión de que nadie podía someterse a la ridiculez de ir por las calles trajeado como un niño sino fuera porque está pagando una promesa a un santo con mucha fuerza milagrosa. Y se lo hizo saber a Macuto.

—¡Preparen la cartera que nos están asaltando! —gritó el chofer en son de letanía.

El autobús completo respondió con el gruñido apagado de la rutina. Un hombre con una Uzi cerraba el paso de la calle llena de frondosos árboles de apamate. Los hidráulicos se quejaron largamente por el golpe que les dio el chofer. Enseguida se subieron a la buseta dos tipos que llevaban cada uno una bolsa hecha con sus camisetas deportivas. Los pasajeros ya habían seleccionado las pertenencias que concederían a los asaltantes. Los asaltados sabían que era mejor no hacerles perder tiempo a los apurados maleantes, o serían castigados con al menos un buen golpe. Como si se tratara de la hora del diezmo en la misa de los domingos, los pasajeros iban metiendo sus pertenencias en las bolsas improvisadas. Al igual que los asaltantes, esperaban que todo terminara rápido y bien. En la fila de asientos de Macuto estaba sólo él. Nadie que tuviera alguna alternativa quería sentarse con un tipo que parecía un elefante en reposo. Pero cuando el ladrón se le acercó a recibirle el tributo abriéndole la bolsa se percató del superhéroe que iba sentado justo detrás de él.

—¡Bueno! —alcanzó a decir el ladrón antes de que Macuto le llamara la atención hacia la cartera que le estaba sosteniendo frente a la cara. El superhéroe se levantó y puso los brazos en jarra como dispuesto a fulminarlo con una mirada láser. El ladrón vio la placa de policía en la cartera de Macuto y éste se abrió el paltó del traje para dejarle ver el arma en la sobaquera. El ladrón soltó la bolsa asustado. La bolsa cayó en el regazo de Macuto. Y los otros dos asaltantes salieron de la buseta espantados al oír el grito de éste—: Aborta. Vámonos.

Pasó un rato antes de que nadie se atreviera a asomarse por ninguna de las ventanas. Pero cuando el chofer anunció que se habían ido y encendió el motor, la buseta entera se llenó de aplausos. El superhéroe les salvó las pertenencias y la tarde, y les regaló material para sus muchas noches de insomnio. Aquella tarde del infierno, cuando todo se iba al traste, Macuto llegó a entender el porqué del traje de Ender. No todas las veces estaría él para asegurarse de que todo concluyera en un final feliz; pero hasta el día que Ender dejase de usarlo, tendrían a alguien a quien agradecer que les cambió el día. Alguien con quien compartían una historia en común. El chofer de ese autobús le contaría al mundo entero que no sólo tuvo al más grande superhéroe de todos los tiempos sino que además evitó el robo nuestro de cada día.

El superhéroe se bajó en la siguiente parada del autobús bajo el fuego cerrado de los aplausos de sus nuevos fanáticos. Todos querían tocarlo. Llevarse en los ojos su mirada sonriente. Todos sabían que aquel hombre común embutido en un disfraz era incapaz de protegerse contra las balas. Pero eso no lo hacía menos heroico. Todo lo contrario. Lo hacía la encarnación viva del más grandioso misterio que jamás hubieran presenciado. Ender no reconoció a Macuto y éste tampoco esperaba que lo hiciera. Al bajarse de la buseta la gente lo rodeó con sus risas y él los recompensó con su franca sonrisa. Macuto lo vio alejarse sin poder dejar de pensar que tal vez era verdad que fue Ender quien inició todo el cambio que estaba revolucionando al país.

DOS

Macuto enseñó a sus hijos a que entretuvieran el hambre con juegos prestados a los viajes largos. Y cuando la llovizna de sus risitas arreciaba hasta hacerse ladriditos de perrito faldero, Macuto los amainaba con dos secas y autoritarias palmadas. Ya tenía un buen tiempo siendo padre y madre a la vez. Manzana Carrasquero de Antúnez, «mi señora esposa», como la presentaba él, vivía en el hospital de la ciudad. Una deficiencia urinaria le puso la sangre espesa como sirope de chocolate y la mirada transparente de los peces que viven en las profundidades oscuras del mar. A diario, Manzana esperaba su turno de lavado de sangre. Ella era una de las pacientes que, con su cama propia, habitaba los pasillos de una casa de enfermos con diez veces y media la población para la que fue construida. La jefa de enfermeras, quien alguna vez fue alguien radiante, considerada, y con el corazón tan generoso como sus pechos, se presentó ante ellos como cada día: con el ánimo agrietado por el espanto continuo de saberse el primer rostro cómplice de aquella podrida cadena que querían llamar sistema hospitalario. En sus manos llevaba una caja de guantes de látex, ya vieja y vacía, de donde sacaba papelitos numerados que iba entregando a los pacientes para que fuera el azar quien los premiara con su turno de diálisis. En un fogonazo de entendimiento entre las nubes de su dolencia, Manzana supo que era Macuto quien la hacía ser y creer que ella era tan suertuda que salía todos los días entre los escogidos. Así que decidió devolverle al azar su reinado y comenzó a intercambiar su número con otros pacientes, al albur, con la firme idea de quedárselo sólo cuando hubieran pasado al menos una vez cada uno. A los pocos días se desmayó. Y la malcarada que conocía bien para quién trabajaba no sólo corrió a lavarle la sangre sino a hacer por ella cosas que nunca hacía: comenzó a cambiarle la ropa interior, a ponerle orden en los cabellos, a embadurnarla con la fragancia de lilas que ella misma usaba como perfume. Y nunca más la rifa del turno se hizo usando los milenarios números arábigos, sino que se volvió a la usanza corriente del anotar en los papelitos a sortear el nombre de pila que cada madre dio a su hijo para presentarlo ante el supremo.

—...*todos los que viajaban en el avión excepto uno* —dijo la tele en el noticiero de la tarde— *perdieron la vida en el impacto. Al regresar, les mostraremos cómo pudo haberse salvado ese único pasajero de quien aún no se conoce su paradero.*

Ese mismo día en la mañana, Ender estaba parado del lado de afuera de la puerta de su casa, tratando de escuchar lo que pasaba en el interior. Los olores de la cocina de Miranda se colaban por las rendijas. Ender entendía que no podría entrar sin que ella se diera cuenta pero si lo hacía con resolución y confianza en sí mismo, podría alcanzar el baño sin que ella lo viera. Una vez dentro del baño, podría desvestirse, esconder los pantalones arruinados dentro del cesto de la ropa sucia, y meterse bajo la ducha. Miranda lo llamó en voz alta. Más como reclamo por haber entrado sin ir saludarla que por corroborar que era él. Ender le contestó con una sola palabra. Una palabra que a la vez decía «estoy bien» y «no entres»:

—¡Baño!

Ender venía de una entrevista de trabajo que le consiguió la misma Miranda. La compañía para la que ella trabajaba quería reforzar su equipo de choferes de limusina.

—Tú no eres chofer profesional pero esos bichos se manejan solos, ¿no? —le dijo ella cerrándole todas las salidas.

Ya lo conversaron antes hasta el desgonce de los huesos. Ella, con la firmeza arrolladora de la lógica y la vista puesta en el logro mayor de una vida mejor. Él, con sus frágiles aprehensiones revoloteándole enloquecidas en el estómago y el enojo blando de siempre porque comprendía que ella confundía con timidez su respeto al sino. Lo hablaron cuando le ofrecieron el turno de noche en el sillón de limpia-zapatos de la terminal de autobuses de la capital. Cuando el Gobierno decretó que cada ascensor de la ciudad debía tener un ascensorista a toda hora. Frente a aquel aviso clasificado que aseguraba no tomar en cuenta la belleza, por lo que cualquiera podía ser elegido como uno de sus modelos masculinos de ropa interior con sólo presentarse a la dirección que se indicaba. Y así. Y así.

—Tienes que ser más positivo —le pedía Miranda.

Macuto volvió a aplaudir con fuerza, dos veces. Frente a una caja blanca muy alta el reportero en la tele explicaba de pie que aquello era un baño de avión. Que sus aristas de hierro forjado y sus paredes hechas de una mezcla plástica muy resistente la hacían un búnker portátil inviolable. Según la teoría que tartamudeaba el experto en el reportaje, el baño no fue parte del diseño original de aquel avión militar de carga, sino una mejora añadida con más gracia que pericia cuando fue dado de baja para que prestara servicios en el ámbito civil. Y tal vez por ello, con el impacto, se había desprendido del fuselaje, volando cientos de metros para llegar a tierra amortiguado por la densa copa del gran árbol a cuyo pie tuvo la suerte de caer. Las imágenes del siniestro tomadas por un aficionado, mostraban al avión tratando de ganar velocidad. Pero ni a simple vista persona alguna hubiera podido discernir que las llantas fueron desinfladas lo suficiente como para entorpecer la requerida velocidad de despegue sin llamar la atención.

Macuto Antúnez planeó aquel accidente, lo ejecutó, y lo reviviría una y otra vez en las pesadillas góticas que le habitarían por siempre en el sopor de las tres de la tarde. Lo volvería a ver como colibríes incendiados en vuelo en sus insomnios de las cuatro de la mañana. Lo sorprendería con los ojos ciegos de espanto soñando despierto a cualquier hora del día. Y cada vez lo haría acompañado de los mismos temblores que le produjo el ser testigo presencial de aquel avión envuelto en el ruido abismal de una explosión espeluznante, que aún hoy, le impedía embarcarse confiado en la sola idea de volar. Ahora lo revivía en el noticiero de la noche. Más tranquilo y envuelto en la seguridad bonita de las risas de sus hijos que le llegaban opacadas por el tabique de cartón que él mismo colocó para inventarles su habitación.

El mastodonte de metal embalado llegaba al final de la pista y, con una reverencia, se hundía de bruces como un infante torpe queriendo dar una voltereta. Enseguida estallaba en tres grandes pedazos y escupía fragmentos de sí mismo en todas direcciones. La cámara daba un salto violento en los últimos segundos para dejar que la temblorosa película mostrara, con la ayuda de un círculo blanco superpuesto por los técnicos en la televisora, algo que apenas si se lograba distinguir como el difuminado dibujo de la figura de un hombre que salía del baño desprendido del avión, miraba con calma a uno y otro lado, y caminaba a quién sabe dónde con ese andar de quien se sabe más allá de este mundo. El relato oficial afirmaba que aquel avión era de carga y no estaba supuesto a llevar pasajeros, que las personas que estaban en el avión eran polizontes que tal vez se escurrieron a bordo en un descuido de los encargados.

Macuto Antúnez se levantó de su asiento, apagó el televisor y fue a preparar algo de cenar para sus hijos.

La entrevista de trabajo fue un circo. Ender entró a la estancia como si viniera huyendo de algo allá afuera, y se hundió hasta la nariz en un mar picado de desempleados chapoteando en el sudor de sus propias esperanzas. Tragaldabas, campeones de lucha libre, maestros de ceremonia, ingenieros, maestros de escuela, doctores, sastres, domadores de perros mestizos, hombres-lobo... todos apretujados en un gran salón sin columnas ni muebles hacían trenecitos en ríos circulares que no los llevaban a ninguna parte. Una algarabía de roces de ropa y arrastrar de zapatos trataban de mimetizarse en el solemne silencio. Una voz de espanto resonó contra la alta bóveda de los techos palaciegos.

—¡Si no guardan silencio, desalojamos!

Todo el lugar se detuvo de golpe y la inercia expulsó a Ender del trencito en que venía. Manos y manos ofendidas lo rechazaron con fuerza hasta estamparlo contra una de las paredes del fondo. A Ender no le dolió el golpe que lo dejó sin aliento. A Ender le dolió la certeza a la que llegaría enseguida: no podría llevarle a Miranda la buena noticia de haber encontrado trabajo. Aún sin aliento, miró al de junto, pero el otro no le contestó la mirada. Al igual que Ender, buscaba entender cómo fue que llegó a formar parte de aquel rimero de recuas insolentes de ojos despavoridos bailando en el propio sitio con sonrisas vacías. La voz de espanto anunció lo que todos presagiaban que anunciaría:

—Se agotaron las vacantes.

Un rumor de desencanto se regó por todo el lugar. Y creció en risitas opacas reconociendo su propio atrevimiento, y creció más cuando se dieron cuenta de que estaban unidos en la miseria, y creció aún más hasta pulsar en un mismo grito. Y comenzaron a contrapuntear con un zapateo rítmico contra el piso, al compás rochelero de un mar de brazos que con rabia reprimida cortaban el aire con la nítida amenaza de hacerse una fuerza indomable. Tres disparos al aire les enfrió la sangre a todos y humilló sus cabezas.

—Las vacantes para la construcción del nuevo ferrocarril que atravesará el Amazonas serán asignadas en acto público esta tarde en el estadio estatal.

El gentío se derramó por las salidas como si hubieran abierto las compuertas de una represa. El lugar se abarrotó de la sorpresa triste de quien se descubre en la soledad. Y a Ender, y al hombre junto a él, se les llenó la mirada del mismo desconsuelo que se instala en las pupilas de los hombres en la tercera edad.

Ender entró al baño y se quitó los pantalones. La hebilla del cinturón rebotó cantarina hasta que las perneras la sofocaron. Ender se sacó los calzoncillos y los tiró al cesto de la ropa sucia junto con los pantalones. Enseguida, Miranda se hizo sentir otra vez con una seguidilla de tres golpes en la puerta.

—¿Todo bien? —dijo Miranda ahogando su alarma.

—Sí —le contestó Ender mientras hacía dar vueltas al rollo de papel.

—¿Te sientes mal? —le apremió.

—Estoy bien —dijo él con acento adusto para ganar tiempo.

—¿Seguro? —insistió Miranda.

—Me siento mal del estómago —le dijo mientras movía la tapa del inodoro—. Creo que me cayó mal el desayuno.

—¿El desayuno? ¡Qué raro! —le contestó Miranda pensativa.

—Sobras de pescado —dijo Ender con tono de triunfo por haber logrado hacerle un reclamo tan sutil y cierto que no podría contestarle.

—Empanadas. Empanadas de harina de maíz rellenas de pescado… hecho en casa —aclaró Miranda ofendida—. Y a mí no me hicieron daño.

—Pues, no sé — dijo él y desaguó el tanque del baño.

—¿No serán los nervios? —contestó ella con una sonrisa.

—¿Qué? —dijo él para simular que no había podido oír bien a causa del ruido del agua.

—¿Te dieron el trabajo? —le preguntó Miranda al escuchar "dignidad ofendida" en la respuesta de Ender.

—Ya salgo —contestó Ender con tono de cierre y se quedó parado en medio del baño mirando a ninguna parte. Le dolían las rodillas.

Un rato antes, Ender escalaba la larga cresta de escaleras del cerro donde vivía, con esa ansiedad propia de los citadinos por llegar a casa y sentarse a descansar la cabeza entre las manos. Sabía que Miranda lo esperaba para disfrutar la dicha de escuchar de sus labios el relato épico de la entrevista de trabajo donde ella, vestida de humildad, era la noble heroína de siempre. Ender levantó la mirada y comprendió que pagaría otra vez con dolor el haberse quedado rondando de más en la confortable estancia de sus adentros. El "Poco-a-poco" lo esperaba en el descanso de la escalera mordisqueándose las cutículas.

—Sigue caminando como si nada —le dijeron a sus espaldas los compinches del "Poco-a-poco".

Ender había aprendido a camuflarse con ropas de lona azul y camisetas holgadas de franela pero Miranda lo vistió para la entrevista con pantalones caqui y camisa azul manga larga.

—Ponte enano y acompáñanos hasta allá arriba —le dijo el "Poco-a-poco".

—Que te arrodilles, pendejo, que vas a ver a Dios —le aclaró una voz desde atrás.

Lo que más le dolía a Ender de hacer el enano no eran las peladuras que le dejaría en las rodillas sino que arruinaría la punta de sus zapatos de vestir, los mismos con los que se graduó de bachiller y los mismos que planeaba llevar cuando le gritara a la sociedad desde el escritorio de un juzgado de casamientos que Miranda era la mujer que más quería en el mundo entero. Y, más importante, con ese acto él tendría cómo probarle a ese mismo mundo entero que ella sentía lo mismo por él.

El "Poco-a-poco" le tiró de los cabellos de la coronilla para obligarlo a echar la cabeza hacia atrás, le puso la cara justo encima y dejó desbordar de sus labios de balbuceador un repulsivo hilo de baba que unió sus bocas en una náusea rabiosa de la que Ender no pudo deshacerse nunca por mucho que se lavó los dientes.

Asqueado, Ender volteó sólo los ojos para dejar de ver el rostro del "Poco-a-poco" y al reparar en la figura que venía subiendo las escaleras, se supo salvado. Conquistando cada escalón con la gracia de una marioneta mal manejada venía la viejecita que vivía en la Línea 25, temida y respetada por el aura que le daba la rimbombancia de su mote: La viuda de Escobar. De sus manos hechas garras por la rabia de la artritis traía colgadas sus bolsas de víveres.

—Niños. Dejen. De. Jugar. Ayúdenme. A. Llegar. A mi casa —acezó la viuda.

—Anda, llévale la compra a la viuda, burguesito, que aquí te esperamos.

A Ender le dolían las rodillas pero sabía que el incidente le ganaría un salvoconducto de por vida. Una vez la viuda llegó sana y salva a su casa y los víveres reposaban en su puesto en la alacena, la viuda de Escobar le aconsejó a Ender la ruta de techos amigos que debía saltar para que pudiera subir hasta su casa sin problemas.

—Nos quedamos muy calladitos —le dijo Miranda del otro lado de la puerta con ese plural que les desdibujaba las individualidades y los llevaba a su parque de juegos. La respuesta de Ender fue volver a dejar ir el agua limpia por el desaguadero del inodoro.

—No me puedo creer que mi superhéroe le tenga miedo a volar —le dijo Miranda con esa burla bonita que lo hacía sonreír acomplejado.

Ender se puso de nuevo sus calzoncillos sucios y luego de amarrarse al cuello una sábana robada del mismo cesto, abrió la puerta del baño de un sopetón y corrió por toda la casa perseguido por Miranda, quien, con la música de su risa, recitaba a coro con él las frases que todas las tardes de su infancia, anunciaban en la tele al héroe volador.

—*Más rápido que una bala. Más fuerte que una locomotora. ¡Arriba en el cielo!*

—¡Es un águila! —gritó Miranda

—¡Es un cohete! —gritó Ender asomando al marco de la puerta.

—¡Es el superhéroe! —gritó ella mientras se tiraban al vuelo sobre la cama

—El hombre más fuerte. —murmuró para sí mismo con la cara hundida en la almohada.

A Ender se le desordenaron los recuerdos por un buen tiempo. Se le hacía imposible saber cuándo ocurrió lo que recordaba como él mismo acordándose en el inodoro de la suave alegría de aquellos momentos con Miranda. ¿Vivió ese recuerdo en el baño de su casa o en el baño del avión? ¿Antes de viajar o una vez que regresaron? Una y otra vez el ruido avasallador del largo instante del impacto le inundaba la realidad con un pavoroso resplandor que lo dejaba ciego de un blanco doloroso. Náufrago en las orillas de la memoria.

TRES

Ender dejó bajar la barra hasta su pecho. Usó el impulso del rebote para hacerla subir pero sólo llegó hasta la mitad. Sus codos, doblados en V, no lograron vencer la gravedad y poner los brazos rectos. Estaba acostado sobre una banca de madera sin respaldar. Los pies apoyados en el piso. El timbre del celular sonó. Opaco. Lejano. Le temblaban los brazos por el esfuerzo. Para no perder la concentración siguió su cuenta mental al ritmo del repique telefónico. Su propósito era llegar a diez repeticiones. Seis. Cada repetición se hacía más difícil. Siete. El repique del teléfono lo estaba ayudando a mantenerse en ritmo. Ocho. Más tarde lo resentiría pero en aquél momento la adrenalina bloqueaba todo el dolor que le pudiera estar causando el ejercicio físico. Dos repiques más y podría soltar. Uno más. Sólo uno más y podría descansar. No sabía cuántos kilos estaba levantando. No podía saberlo. Las pesas las hizo en casa. Copiadas de un documental de convictos que vio en televisión. Aquellos hombres, aburridos de pedirlas para llenar sus horas muertas, optaron por fabricarse su propio juego de pesas con materiales de construcción olvidados por ahí, en la misma prisión. Ender hizo su propia versión. Coleccionó latas vacías que le sirvieran para el propósito. Dos latas de cuatrocientos gramos de capacidad de una bebida de chocolate. Dos latas que alguna vez cargaron novecientos gramos de leche en polvo. Dos potes de pintura de un galón. Y ese era su juego de pesas. Siendo que él mismo se fue construyendo su propia casa en la ladera de la montaña, usó los restos que le quedaron de cemento y arena para rellenar de concreto los envases vacíos. De haberle hecho falta algo más le hubiera podido pedir a cualquiera de sus vecinos, quienes, al igual que él, también construyeron sus casas con sus propias manos, ahí mismo, a las orillas de la capital del país. Sin preocuparse por comprar o rentar el terreno. Todos estaban convencidos de que tenían el derecho de tener un techo bajo el cual resguardarse junto a su familia. Como cualquier ser humano. Bajó a su pecho la barra que se fabricó juntando varias barras de hierro de las que se usan para hacer el esqueleto de las vigas y las columnas. Las sienes le pulsaban a reventar. Volteó a un lado para dejarse pasar las pesas por encima del rostro, rozándose las mejillas. Se cimbró con el último aliento para poder alcanzar y colocarlas en el piso por encima de su cabeza. En cuanto pudo, se levantó a buscar el teléfono. Entró a la casa acezando y miró a uno y otro lado sin poder ubicarlo. No lo encontró bajo el camino de mesa. No lo halló bajo el pañito de cocina. Tampoco en ninguno de los dos gabinetes. Por fin, lo consiguió entre los cojines del sofá, y lo atendió urgido de vergüenza.

—¿Aló? —La ciudad incrustada en la masiva cordillera siempre hacía difícil la recepción celular.

—¿Ender? —fue la respuesta del otro lado.

—Sí —contestó.

—¿Miranda iba en ese avión q... —Y se cortó la comunicación.

—¿Qué avión? —dijo Ender a la línea muerta—. ¿Aló, aló? —insistió. Pero ya no se escuchaba nada. Ni siquiera la estática de la comunicación defectuosa. Ender se le quedó mirando largo tiempo a la pantalla tratando de dilucidar a quién pertenecía el número telefónico que aparecía dibujado. Su móvil sólo servía para recibir llamadas, así que no podría confirmar a quién pertenecía. Hubiera necesitado una tarjeta telefónica. Un lujo que hacía rato no podía darse.

Miranda había sufrido un accidente aéreo, pero eso sucedió tiempo atrás. Además, casi nadie se enteró porque el dueño de la compañía lo borró con dinero. El cólera los estaba matando a todos en el pequeño pueblo fronterizo por el que el abuelo del dueño de la compañía cruzó la frontera. Un día sus habitantes se negaron a tomar agua de la poza natural a orillas de la que fue fundado. Incluso cuando el dueño de la compañía usó toda su fortaleza para detener la defunción del caserío era difícil ganarle a la resuelta resignación de sus habitantes. Les envió toneles de agua por avión que terminaron costándole más que barriles de oro. Los obligó a usar los barriles vacíos para recoger agua de lluvia que no alcanzaban ni para lavar los alimentos y terminaron por llenarse de larvas de zancudos y de la peste de la malaria. Y cuando los arquitectos que trajo de Francia le presentaron los planos del mismo pueblo, pero unos cuantos kilómetros río arriba, supo que, aunque lograra convencer a toda la gente de que se mudara al nuevo pueblo, aquél sería otro pueblo aunque le pusiera el mismo nombre. No sería el pueblo por el que entró su estirpe a estas tierras. Tenía que curar la poza. Mandó a construir la planta de tratamiento. Para hacerlo, cerró el perímetro de hectáreas enteras llenas con mal encarados armados que impedirían siquiera mirar desde lejos los trabajos que se llevaban a cabo; hizo cambiar el curso del río para vaciar la laguna mansa en la que éste se sentaba a tomar un respiro antes de seguir su carrera al mar; y cuando estaban a escasos dos metros de llegar al mítico fondo infinito de la poza, hizo trabajar a los obreros de noche y sin luces para que nadie fuese testigo. Y así, a ciegas, los trabajadores sonámbulos encofraron la laguna entera con hormigón armado para después dejar que el río le corriera por encima otra vez. La planta quedó hermosa en la boca de la nueva laguna, la misma que en la siguiente República sería conocida por todos como la tumba más grande y más triste que haya existido en el mundo.

Y el pueblo siguió muriendo de cólera. La gente se negó a probar el agua maldita de aquella poza del averno, donde ellos sabían que dormirían por siempre su inocencia los niños de un desaparecido caserío vecino. Sucedió en la guerra tonta que armaron los adinerados contra "los caperucitas". El gobierno elegido por los dueños de las compañías del país mandó a sus soldados a perseguir a unos facinerosos que según la leyenda iban de túnicas rojas. Los militares llegaron al caserío y lo encontraron sin adultos. Ningún hombre. Ninguna mujer. Sólo niños. Sabiendo que era imposible que existiera un pueblo así en ninguna parte, la única respuesta lógica que encontraron los llenó de rabia: los adultos del pueblo se están escondiendo y nos están viendo desde algún lado. Cegados por el dolor del honor amellado no se les ocurrió pensar en una respuesta más simple y que resultó ser la verdadera. Los adultos partieron a buscar algún pueblo vecino donde hubiera trabajo para luego mudarse y poder sobrevivir a la escasez extrema que los estaba matando. Los soldados, con el hígado arrugado por la furia, concluyeron que los desalmados habitantes y padres de las criaturas del pueblo se escondieron quién sabe dónde, dejando a los hijos a su misericordia. Y para enderezar el entuerto siguieron el manual de estrategias de guerra contra insurgentes: el ejército sacó a los niños de sus casas de bahareque, encendieron en llamas sus techos de paja y los formaron en una larga fila de caras sucias, risas involuntarias y contorsiones nerviosas, para al final guiarlos pasito a pasito, hasta las orillas de la poza. Los hicieron pasar uno por uno, sin dejar de vigilar el horizonte por si acaso los cobardes de sus padres salían a entregarse a cambio de la vida de sus hijos. Aun cuando estaban lejos de las miradas civilizadas intentaron esconderse de sus conciencias quitándose las camisas de sus uniformes en el intento fallido de camuflarse como civiles, pero se dejaron los pantalones verdes de faena metidos por dentro de las botas negras de militares, un macabro detalle que dibujaba sonrisas de miedo a quienes se enteraron mucho después.

Para ahorrarse las balas, mataron a los niños a golpes. Con la cacha del fusil les reventaron sus frágiles cráneos esparciendo sus inocentes pensamientos sobre las piedras del río, sacándoles de las órbitas sus ojos fríos de pececito, dejándolos para el resto de la eternidad con las lenguas colgando en el grito congelado de sus boquitas abiertas. Los soldados hicieron turno para llevar a cabo la cansada labor. Los pocos que se negaron fueron fusilados *in situ* y, al igual que a los niños, los dejaron caer al fondo de la poza para ahorrarse la tarea de enterrarlos y asegurarse de que el agua se encargara de ahogar a aquellos que pudieran haber sobrevivido. El agua, la poza, el pueblo entero quedó maldito.

Los lugareños aseguraban que del lado de abajo de la laguna existía otra laguna idéntica donde, reducidos a esqueletos blanqueados por el agua, los niños vivían felices jugando a que todavía estaban vivos. Sin tener que seguir las reglas de los adultos, sin preocuparse por comer, bañarse o cambiarse de ropa. Dedicados todo el tiempo a aquello que más se les antojaba cuando estaban vivos. Unos, a encaramarse en los árboles hasta las ramas más altas sabiendo que si llegaban a caerse les tocaba volver a poner en orden el reguero de huesos. Aunque había quienes sólo por ser distintos, se volvían a armar poniéndose los huesos en desorden. Otros, se lanzaban mortales cuchillos voladores y se morían de la risa al ver que los traspasaban entre las costillas sin hacerles daño. Las niñas se maquillaban los pómulos sin carne y el hueso en la frente encima de los huecos de las órbitas, y más de una vez espantaron a quienes desde el lado de los vivos, se asomaron para ver su reflejo y se encontraron con una calaverita maquillada como una cabaretera barata. Según la leyenda, los pocos que sobrevivieron o venían de visita al desolado pueblo, se morían de cólera porque los niños esqueletos "cagan su cólera del otro lado de la laguna" contaminando con su rabia toda el agua que existía de los dos lados.

El dueño de la compañía apeló entonces a la intervención divina. Con la promesa de erigirle un hospital completo allá donde ella tenía su misión, se trajo a una misionera famosa por sus milagrosas labores humanitarias en el otro lado del mundo. La recibió con un inapropiado homenaje de faraónica espectacularidad frente al mundo entero en el aeropuerto de la capital del país donde se concentró media ciudad con estandartes divinos, himnos de devoción, y ofrendas que ella jamás podría llevarse. La noble señora, humilde heroína de la caridad, cruzó el macadán que la separaba de la aeronave que la trajo de su país al helicóptero que la llevaría hasta el pueblo, envuelta en los latigazos que provocaba el viento al batirle con fiereza la vestimenta que a los lugareños les pareció como un hermoso mantel de algodón blanco. Los guardaespaldas que le asignó el dueño de la compañía la sostenían por los codos; no porque no pudiera caminar, sino para evitar que el viento la alzara en vuelo como lo hizo con las pamelas llenas de polvo de las viejas adineradas y las bufandas de seda de sus afeminados maridos que salían jorobados tras ellas a recuperarlas.

Antes de subir la escalerilla del helicóptero, la monja misionera se volteó hacia la multitud y en un gesto nacido de la grandeza de Dios hizo con su mano derecha una cruz infinita que abarcaba la muchedumbre, y con el corazón latiéndoles en la mano, todos la vieron partir rumbo a la selva.

En cabina, y bajo el sonido humillante de los aterradores navajazos de las aspas, uno de los periodistas que la acompañaría en el viaje se atrevió a hacerle una pregunta:

—¿No le da miedo el helicóptero?

La notable misionera que hablaba castellano, pero no era su lengua madre, le contestó en perfecto español con una frase que el reportero no supo discernir si estaba llena de humor o de sabiduría, así que la puso en su crónica tal como se la dijo:

—Para llegar a cualquier lado hay que tomar un camino, y no hay otro camino que aquel que te lleva hasta allá.

Días antes, el dueño de la compañía tomó el teléfono para recibir una llamada y después de saludar, le pasó lo que nunca le pasaba: se quedó sin palabras. Esa llamada la tenía en su agenda pero marcada por él mismo para horas más tarde. El cambio de horario había vuelto a tomar sus determinaciones. Para guardar las formas, la adorable misionera se dejó interpretar al español por un traductor voluntario con muy buena intención y muy mal entrenamiento. Nadie tuvo corazón para corregirlo:

—*Recibe la llamada con un beneplácito que no falta nada. Estoy intentando reajustar calzados de trotamundos. El representante hace historia con un legado singular y pide limpiar la planta de los pies a quienes no les cansa el andar. Hace años un hombre me enseñó mi propio rostro en las lágrimas de una montaña y ya no hubo juego de "veo-veo" que yo no ganara. Ahora la costumbre es anotarlo todo para que no se escape al soplo de las corrientes de aire. Nada queda. Se deja de ser si no tienes quien te lo recuerde. Las ganas de la reconstrucción es lo que mantiene la planta de tratamiento que podrá devolverme. Suplo con dulces el olvido colectivo para que no deje de enmarcarse en los templos la caridad humana. Aunque puede ser, lo admito, que haya sido confiscado, arrancado página a página de todos los diarios. Los pasajes del mañana serán arrebatados de sus raíces por los mismos encargados de su custodia. Nada falta. Nada sobra. Yo de mi lado no tengo quejas, como podrá imaginar. Todo viene cifrado cuando la información es moneda. Si tomas las palabras impares de nuestra conversación podrás decodificar las últimas letras del alfabeto Braille, de gran utilidad cuando estás secuestrada nueve metros bajo tierra. Pronto podrás bañarte en agua bendita. Te lo agradezco. Si tengo algo bonito que decirte volveré a llamarte sino será a la vuelta de la esquina que nos conozcamos. Hasta luego.*

—Hasta luego —contestó el dueño de la compañía sin entender más que lo más importante, la señora venía, y cerró. El haber traído al Papa al país sin pedir nada a cambio le había ganado al dueño de la compañía la amistad de la santa misionera. El dinero mueve montañas.

A bordo del helicóptero en vuelo, una aprehensión reprendida amarraba a los pasajeros a una expectativa indefinida. La monja venerable, repantigada en su asiento miraba a un lugar indefinido en el techo con las manos cruzadas en el regazo como la mejor alumna de la clase. El piloto, sentado en la punta para alcanzar a los pedales de un asiento diseñado por nórdicos para personas medio metro más altas, se inclinó hacia el copiloto quien le señalaba algo en un mapa de carreteras de los que se compran en las tiendas de las gasolineras y que el último que lo usó, no supo doblar bien. Si no hubieran llevado uniforme de arriba abajo y sus cabezas empotradas en cascos blindados, audífonos y micrófonos de comunicación militar, se hubiera dicho que eran marido y mujer en un viaje familiar.

—Creo que nos pasamos —dijo el copiloto

—¿Cómo que nos pasamos?

—Nos pasamos el pueblo.

—Si nos pasamos el pueblo…

—Nos pasamos la frontera.

—Estamos en terreno enemigo.

—Estamos violando el cielo de otro país.

—¿Qué tan lejos estamos del pueblo?

La misionera se hizo la señal de la cruz y como si ella estuviera a punto de oficiar una misa, el resto le imitó el gesto con pereza. Una de las periodistas se fue a ese sitio del corazón donde se iba cuando su papá llegaba con ganas de jugar con su hermana, y comenzó a cantar:

Arroz con leche
me quiero casar
con una viudita de la capital.
Que sepa coser, que sepa bordar,
que ponga la mesa
en su santo lugar.

Pero ella sólo podía tararear la melodía. No se sabía la letra. Cuando su mamá se la cantaba lo hacía tan cerca del oído que las palabras le salían húmedas y ella era tan pequeña que cabía acurrucada entre sus brazos y el hermoso rostro de su madre le brillaba grande como una luna contra la penumbra del armario. El canturreo se mordió la cola como desafiando al infinito y lo bañó de evocaciones tristes. Y ella lo mezcló con miedos infantiles, y lo espolvoreó con aprehensiones recientes, y el canto se hizo un lamento, y se empapó de todos sus terrores, hasta que no quedó más que el horror en un canto primitivo que parecía comerse todos los sonidos, y silenció el ruido del helicóptero, el ruido de la selva allá abajo, a los monos gorila, a las panteras de ojos cristalinos, a los cunaguaros y sus trajes de otras tierras, hasta que sólo se escuchó el lamento insoportable de su miedo de cuarenta años que con su espanto en expansión constante, le opacó los truenos a los relámpagos más feroces.

La periodista estaba tan ensimismada en su propia historia que no se dio cuenta de la reacción de sus compañeros de viaje. No supo que otro periodista trataba de hacerla callar. Dándole nombres monstruosos. Deseándole todas las pestes. Gritándole muertes horrendas. Y al darse cuenta de que ella no reaccionaba, él siguió escalando en la violencia de sus maneras hasta que todos se pusieron de pie al ver que el hombre le propinó una cachetada que por poco la lanza al vacío de la puerta abierta. El helicóptero trastabilló en el aire. Todos se dejaron caer en sus asientos. Y se volvió a escuchar, claro y sin obstáculos, el ritmo del rotor cortando el aire con sus aspas. Pero la mujer llorona ya se sentía fuera de este mundo. Y volvió a comenzar su canto desde muy quedo. Y el periodista violento le advirtió con la misma autoridad de su padre, que debía callarse o atenerse a las consecuencias. Pero ella no pudo escuchar la advertencia y volvió al refugio de su canto. El canto de su madre muerta.

Arroz con leche
me quiero casar
con una viudita de la capital.
Que sepa coser, que sepa bordar,
que ponga la mesa
en su santo lugar.

Una, dos y mil veces si era necesario. Y el periodista se le abalanzó al cuello. Era su presa. La tenía entre sus fauces. La había cazado. Por fin. Ya no sería más. ¡Se acabó!

Un grito de montaña rusa unió a los pasajeros en un mismo coro. El helicóptero le corcoveó en las manos al piloto y la presa y su depredador cayeron al vacío. A Miranda, la mujer de Ender, se le salió de las manos el grabador portátil. Y ella se le quedó mirando caer ingrávido, haciéndose cada vez más pequeño hasta convertirse en una piedra. Una piedrecilla mínima que llegaría al suelo hecho pedazos. A gritos la devolvieron a Miranda a su sitio porque ella siguió la caída libre del aparatito hasta que la densa selva lo engulló en un bocado.

Unas horas más tarde, la misionera se bañaría en las aguas de la poza bendecidas por ella misma en nombre del señor y el representante de Dios en la tierra, y uno por uno, bautizaría en ellas, a todos los habitantes del pueblo del dueño de la compañía.

Ender volvió a la terraza que no era más que la parte de la casa que todavía no tenía techo, pero que sería en el futuro una sala grande donde poner el televisor, el equipo de sonido y hasta donde podría hacer una fiestecita con los amigos. Mientras recuperaba el aliento desenfocó la mirada para dejar que la ciudad le entrara hasta el infinito. No recordaba haber escuchado antes la voz de quien llamó. Igual la conexión era tan defectuosa que tal vez no hubiera reconocido ni la suya propia. Odiaba su voz. Siempre que la oía grabada sentía vergüenza. Le sonaba hueca, sin personalidad, sin sustancia. Pero tal vez todas las voces que se dejaban en los contestadores automáticos no decían mucho de sus dueños. Siempre se sentía tonto hablándole a nadie, aunque sabía que en un rato alguien oiría el mensaje. No le pasaba lo mismo cuando hablaba solo. Aun cuando nadie oiría nunca lo que estuviera diciendo. Tal vez porque hablar solo no es hablarle a nadie. El jardín lleno de rosas de la casa de al lado hablaba muy bien de su meticulosa dueña. Muy diferente a la otra vecina que dejaba que todos vieran sus prendas íntimas colgadas para que el viento las secara. Le llamó la atención un patio habitado por una hermosa chica que no debía llegar a la treintena. Iba muy ligera de ropas en un bikini que le dejaba dorarse al resplandor del sol. Los vellos mínimos fulguraban rubios sobre su piel tostada. Brillaba toda a causa del aceite bronceador.

Desde ahí arriba Ender podía apreciar las dos líneas paralelas de color verde que formaban las cimas de las montañas, y entre ellas, la ciudad, todas las viviendas de humanos socavándoles las bases. Una capa de nubes cruzaba presurosa de este a oeste. El sol la perforaba en conos de luz que iban a estrellarse contra el piso, inquietos, como tratando de ubicar a alguien. Igual que cada día, las calles estaban atascadas de carros expulsando a bocanadas su pasiva ira. No todos iban al trabajo. Si estuvieran yendo al trabajo estarían en problemas porque ya iban a llegar tarde. ¿Qué hace la gente en las calles, entonces? Detenidas en filas de carros unos detrás de otros. Apuradas por llegar a ninguna parte. En el parque-cementerio una carroza fúnebre se estacionó con su carga inerme. La caravana que la seguía hizo lo mismo y como en acto de nado sincronizado, todos los autos abrieron sus puertas al unísono. Todos los chóferes pusieron su pie izquierdo en el pavimento a un mismo tiempo. Muy pronto los vestidos de gala comenzarían a interrumpir con sus blancos y sus negros el manto verde de la grama. A Ender no le gustaban los cementerios. *A los muertos les da igual*, pensó.

—¿Encontraste el teléfono? —preguntó ella incorporándose a medias para tomar una bebida sobre la mesa. No existía un poco de tierra en el patio de esta chica. Tampoco matas o arbustos, ni flores, ni macetas. Todo el jardín había sido tapiado con una placa de cemento, en cuyo centro ella colocó una silla de extensión a los pies de una sombrilla. Ocurrió que se quedó sin bebida.

—Con decir no, hubiera sido suficiente —dijo ella, ¿al teléfono o a él?, parecía hablar por celular usando su "manos libres". Se levantó ágilmente y caminó hacia el interior de su casa. Ender, en su fantasía, la siguió hasta la nevera eléctrica que ya reclamaba que la vaciaran de escarcha. Las paredes desnudas mostraban sus ladrillos. Ella salió del medio techo al sol. La lata de soda sudaba de frío en su mano de dedos gordos y uñas bien cuidadas. Iba descalza, pero no dejaba descansar el peso en los talones, tal vez quería lucir más alta, tal vez no quería perder la gracia que reconocía le daba el caminar con tacones, o quizá el cemento guardaba suficiente calor como para causar dolor en la delicada piel de la planta de sus pies.

—Sigues ahí —dijo a su manos libres con un tono de fingida sorpresa que resaltaba su feminidad. ¿O se lo dijo a él? Ella parecía una celebridad del cine en una escena que pudiera pertenecer a cualquier película de Hollywood. Faltaba la piscina con cascada, la mansión de cincuenta cuartos, la colección de autos lujosos. Sin embargo, a ella se la pudiera haber recortado así como estaba en ese momento para luego colocarla en el afiche que convencería de ir a ver su actuación a todo el que lo apreciara. Parada en las puntas de sus pies y haciéndose sombra en los ojos con su mano derecha, la chica mirando a cámara...

—Ey, ¿me oyes? —Entonces ella agitó los brazos en un saludo doble. Sus pechos retozaron felices dentro del bikini y al subir la mirada a su rostro sonriente Ender se dio cuenta por fin de que aquello ya no era su imaginación. Era su vecina quien le estaba saludando efusivamente. Una vecina a quien no conocía. A quién él estaba espiando.

La reacción natural de Ender fue esconderse. Dio un paso atrás para sacarla a ella de su campo de visión. ¿Qué hace ella ahí en todo caso? En un día de semana normal. ¿Cómo podía estar ahí? Aquellas eran horas de oficina. No era momento para que ella pudiera estar ahí, tomando el sol tan tranquilamente. *¿Quién vivía antes ahí?*, pensó. Porque pudiera ser una nueva vecina. No recordaba haber visto a nadie en esa casa. Es posible que ella viviera sola y que sus horarios se hubieran cruzado, siempre, ¿no? Pudiera estar enferma y haber pedido el día. Uno de esas aflicciones que no se dejan ver en el quebranto del cuerpo. La descompostura del estómago, por ejemplo, es deseada por todas las mujeres bonitas y sobre todo por las aspirantes. El quebranto que proporciona en el cuerpo les deja subir al día siguiente esos pantalones que antes no lograban estirarse más para poder abarcar tanto contenido. Que esté de vacaciones en casa era una posibilidad en tiempos de estrechez. No, pero quedarse en bikini en la ciudad cuando se tienen más de veinticuatro horas de asueto, sería una tontería, sabiendo que se tiene playas hermosas a menos de media hora. Tampoco se pide un día de permiso en el trabajo para asolearse bajo las nubes y sólo por unas horas. Ese bronceado que ella lucía, uniforme de la punta de los pies hasta la cabeza, no era el resultado de unas horas de la jornada diaria robadas aquí y allá.

—No te escondas, que ya te vi —ella seguía hablándole desde allá afuera sin un ápice de ironía o mala sangre; de hecho, tenía algo de dulce su voz, pero él no lograba recobrar la compostura lo suficiente como para enfrentarla.

La ciudad se había entristecido en los últimos años. Los techos lucían sus necesidades de reparación con raspones como de piel reseca. Las paredes de los edificios mostraban con mayor disimulo su sed de pintura nueva. La caricia constante del humo de los automotores las cubría de una pátina deslucida. Todos necesitaban ser más cuidadosos porque lo que se estropeaba ya no podría ser reparado ni sustituido. Las dos torres más altas de la ciudad seguían siendo las soberanas que reinaban sobre el reguero de edificios enanos, súbditos. Y, aun así, no lograron escapar a los nuevos tiempos. Una de ellas se incendió, justo la que guardaba en los pisos más altos gran parte de la historia del comercio moderno del país. Ahí se archivaban los documentos que contenían el registro de las grandes inversiones de infraestructura del Estado. Las cajas con los expedientes de las grandes corporaciones de la nación. Ahí residían los registros de fusiones, intercambios y pagos entre el mundo político y el mundo industrial de la democracia. Y como para demostrar que el azar era una forma de fe que también atiende en exclusividad a los poderosos, se incendiaron sólo esos cinco pisos de archivos. Todos esos documentos se perdieron para siempre. Y después no hubo presupuesto que lograra devolverle al edificio su apariencia anterior. Los documentos se quedaron por siempre esperando su proceso de digitalización. Las llamas se alimentaron por días de esa información de compra de máquinas médicas para los hospitales, de alumbrado público para las ciudades, de alambrado telefónico para cada pueblo, y muchos otros contratos que el nuevo gobernante tuvo que reasignar a nuevos proveedores y personas naturales, con todo los inconvenientes y desventajas que trae el rehacer todo desde el principio. Muchos de los amigos del gobernante se alegraron con la desgracia, incluso cuando tuvieron que trabajar con mayor intensidad para alcanzar las fechas de entrega ya rebasadas largamente.

Ender abrió la llave de la bombona de gas para *camping*. Encendió una de las hornillas de la estufa. Montó sobre ella una sartén en la que tiró un cuadrito de mantequilla, cortesía de un restaurante de comida rápida. Tomó el cuchillo de hoja triangular y cortó en cuadros una patata cruda mientras en la sartén la mantequilla comenzó a sonar a lluvia sobre mojado. El olor de la mantequilla lo envolvió como si hubiese entrado en una nube. Las pesas le ayudaban a posponer la urgencia de comer dejándole con una sensación de vacío en suspensión que no llegaba a definirse como hambre. Ahora la mantequilla le estaba diciendo de qué se trataba. Soltó los pedazos de patata dentro de la sartén para que se bañaran en las burbujas de grasa derretida. Golpeó un huevo contra el filo de la sartén y lo dejó rodar crudo sobre el resto de los ingredientes. Hizo lo mismo con un segundo huevo. Ya había pasado la hora del desayuno, también la hora del almuerzo, y probablemente esos huevos revueltos con patatas serían su única comida. Ese fue su alimento los últimos días. Esa dieta, junto a la rutina de ejercicios con pesas, le estaban esculpiendo otro cuerpo en su propia carne. *Pensándolo bien*, se dijo a sí mismo, *lo más probable es que a la chica del bikini le ocurra lo que a todos les está sucediendo: Esa chica se debe de haber quedado sin trabajo*. Ender saltó del susto al escuchar el timbre de su casa anunciándole visita.

CUATRO

El timbre de la casa de Ender emitía un sonido particular. Cuando una persona lo pulsaba para declarar su intención de entrar, comenzaba a sonar una melodía saltarina que invitaba a bailar. Al escuchar *La cucaracha* en campanadas digitales hasta el más serio de los cobradores no podía menos que esbozar una sonrisa.

Ender tomó el tenedor y se embutió lo que quedaba de huevo, agarró el plato sucio y fue a dejarlo junto a la pila. El llamador volvió a sonar y Ender no pudo evitar moverse como si estuviera atravesando una sala de baile. Por eso cuando abrió la puerta lo hizo de buen talante pero igual se quedó sin reacción. Quien estaba frente a él no era un amigo. Tampoco era una amiga. Eran tres mujeres que él no recordaba haber visto antes. No llevaban uniformes pero vestían todas iguales. Faldas plisadas que les llegaban justo por debajo de las rodillas. Medias de *nylon* de un color piel diferente al de ellas. Blusas de manga larga abotonadas hasta el cuello, sin ningún adorno más que una discreta bombacha en la unión de la manga con el hombro. Usaban sus cabellos recogidos en un moño. Cada una tenía un bolso negro con forma pentagonal colgado del brazo. Apretadito en un puño, cada una llevaba un pañuelo blanco, pequeño y bordado por la orilla. Cuando Ender les abrió la puerta una de ellas se llevó la mano a la boca. La otra desvió la vista. Pero la tercera levantó las cejas, sonriendo con falsa educación sin dejar de mirarle directamente a los ojos. Ender volteó a mirarse a sí mismo y se sintió desnudo cuando cayó en cuenta de que no llevaba nada puesto de la cintura para arriba.

Ender volvió de su habitación con una camiseta puesta. Las mujeres ya se habían sentado en el juego de recibidor de la sala y se levantaron al unísono como si hubiera entrado una figura de autoridad. Cada una le fue estrechando la mano y diciendo su nombre, seguido de un murmullo que terminaba en "esposa". A Ender le llamó la atención que no olían a perfume sino a jabón. Ninguna llevaba maquillaje, ni se depilaba las cejas. Al estrechar la mano de la tercera pudo entender perfectamente lo que murmuraron las otras dos.

—Sentimos mucho lo de su esposa.

La cucaracha resonó en toda la casa avisando que había alguien a la puerta. Ender abrió más preocupado por el saludo de las desconocidas señoras que por tanto visitante al mismo tiempo. Se trataba de otra mujer. Sólo que ésta escasamente vestía una camiseta larga y no llevaba zapatos. Con sonrisa de niña traviesa se asomó al interior de la casa desde el rellano y constató que Ender tenía visitas. Devolvió un mechón rebelde de cabello a su sitio tras la oreja y con una sonrisa le agitó la mano en señal de adiós aunque estaba a sólo dos pasos de él. Sin pronunciar palabra se dio la vuelta y se fue. Ender se asomó extrañado a verla irse. Ella, al llegar a la curva se volteó y se levantó la larga camiseta para que él saliera de su estupor y pudiera identificarla como la chica del bikini, la vecina a quien estuvo espiando sin proponérselo.

—Nosotras éramos amigas de su esposa —dijo una de ellas desde la sala.

—¿Amigas de mi esposa? —replicó él tratando de recordar dónde pudiera haberlas conocido.

—De la iglesia —completó otra.

—Ah —contestó él entrando a la casa—. Y ella les dijo que iban a verse hoy a esta hora... —y dejó la frase en suspenso tratando de indagar el motivo por el que estaban ahí. Tal vez ellas tenían idea de dónde pudiera estar su esposa. Las doñas no contestaron nada. Se miraron entre sí y sin mediar palabras se pusieron de acuerdo en algo que él no pudo discernir. Para Ender, fue un momento de embarazoso silencio, sabía que ellas esperaban una respuesta de él, una reacción, pero no tenía idea de cuál. No entendía nada. Ender sólo pudo esbozar una forzada sonrisa y en un gesto involuntario se rascó en la espalda un escozor que no sentía.

—¿Y cómo se ha sentido usted con lo de su esposa? —le preguntó la más severa de ellas con la voz de alguien superior sintiendo lástima. Ender, como si no hubiera escuchado, comenzó a hablar casi sin dejarla terminar de hablar.

—Mi esposa debe llegar de un momento a otro —les dijo tratando de recobrar el control de su casa—.

¿Les puedo ofrecer una soda? No están muy frías, pero es lo único que tengo.

La severa contestó enseguida a la pregunta que ella misma había formulado:

—Ya veo —y se unió al coro de las otras declinando la bebida—. No, gracias.

Ender no se dio cuenta pero el «ya veo» fue como una orden en clave de parte de la severa a sus acompañantes para proseguir con el plan preconcebido.

Siguiendo los consejos de etiqueta de Miranda, Ender se dispuso a llenar el aire de palabras hasta que se disiparan los olores del silencio forzado «normales en los primeros momentos sociales en las relaciones humanas», o algo así decía ella.

—Se ha tardado en llegar del trabajo y es raro que tampoco me haya llamado pero ya saben ustedes cómo es esta ciudad, ¿cierto?, muy difícil de tráfico, levantada sin ninguna planificación, nombres de calles que se repiten, calles que no llegan a ningún lado, yo tuve un profesor en la universidad que decía que la manera como crecía esta cosa que llamábamos "la capital del país" era la misma forma caótica y malsana con la que se regaba un cáncer en el cuerpo, no es que él fuera médico pero ya se sabe cómo somos los oriundos de este país, cuando creemos tener una audiencia no hay quien nos detenga, hablamos «más que un perdío cuando aparece», decía mi mamá, aunque me imagino que es un dicho popular porque tampoco es que mi mamá hubiese sido, ustedes saben, una persona de gran elocuencia, llena de sabiduría popular sí pudiera ser, pero lo que sí es cierto, es que cada vez se hace más difícil vivir en esta ciudad porque no se deja recorrer, te cuesta cada vez más ir a tu trabajo, a la escuela de los muchachos, al mercado, duro muy duro, ¿seguro que no quieren una soda?, tampoco es que estén calientes.

—¿Sabe qué? —le dijo la severa con talante de atrevimiento—, le vamos a aceptar esas bebidas que tan buenamente nos está ofreciendo. —Todas las mujeres voltearon a ver a la severa como buscando una guía para sus siguientes acciones luego de tan brusca desviación de las costumbres. Ender, en cambio, se levantó contento de tener algo que hacer. El rumor de las ropas de las señoras tratando de recobrar la compostura liberó esencia a jabón de lavar en pastilla. Una de ellas estornudó y aunque agradeció en voz alta el deseo de salud, Ender no pudo determinar cuál de ellas había sido la del estornudo. La severa, a espaldas de Ender, se encargó de devolverlas a todas al camino de la paz haciéndoles un discreto asentimiento de cabeza.

—No les voy a poder ofrecer vasos porque no tengo para todas —dijo Ender desde la cocina envolviendo las palabras con una sonrisa forzada. Todas esperaron la respuesta de la severa para hacerle coro, pero ella en cambio le habló de su mujer.

—Su esposa nos ayudaba mucho y era de muy buen talante.

Las señoras se volvieron a mirar incómodas al escuchar la descompresión de las latas. Ender usó un plato llano como bandeja y vino a la sala con los refrescos. La severa, sin dejar de hablar, fue la primera en tomar su lata, vigilada muy de cerca por sus amigas.

—En nuestra "Cena anual a los menos afortunados" ella podía encargarse de tanto... Nos dejaba a todos frescos haciendo litros y litros de limonada, ¡a mano! —Ender fue entregando las sodas a cada una de las mujeres, tratando de hacer contacto visual, pero estaban demasiado atribuladas tratando de discernir qué hacer con el pañuelito—. Ayudaba a colocar las mesas, servía la comida a cada uno, recogía todo, colocaba la basura en su lugar y no se iba hasta que pasaba el camión que ella misma solicitó a la municipalidad para que viniera a recogerla.

—Esa es mi mujer, sí.

—Hermosa —dijo la severa—. Era un alma hermosa.

—Miranda es así —la interrumpió, Ender. No quiso seguir escuchándola. Aquella señora, sin saberlo, hablaba como un obituario. Lo puso incómodo que hablara así de su esposa—. Como el tiburón, siempre andando, siempre en movimiento, hasta cuando está dormida. —Ender no estaba acostumbrado a hablar bien de su esposa sin que fuera por tomarle el pelo. Algo parecido al desahogo lo mantenía hablando. Como si las palabras hicieran presente a su esposa aliviándole un poco la nostalgia. Hasta ese momento no se dio cuenta de lo mucho que la estuvo extrañando—. Así le digo yo a veces, la tiburona, y ya ella sabe que le voy a hablar de bajar revoluciones —siguió Ender sin dar tiempo de réplica—, porque para poder alcanzarla tengo que bajarle las revoluciones, es la única forma de pasar un rato juntos.

Las señoras lo miraban atentamente, con rostros inexpresivos, como si estuvieran en el sermón en misa absorbiendo las enseñanzas que los ejemplos del pastor ponían a su disposición.

—Miranda es así, cuando se detiene un rato le ataca la tristeza. Y no quieren verla cuando la ataca la melancolía, toda esa energía que pone en hacerte feliz se le vuelve como un ácido que le suda por dentro.

Las señoras no decían nada. Sólo esperaban lo que para ellas era inevitable. El momento donde ellas por fin podrían ser útiles. Cuando podrían juntar sus manos y entre todas hacer un pozo especial donde recoger las lágrimas del pobre viudo, Ender.

—Por eso yo la dejo —siguió diciendo él—, que se enrede en su propia telaraña de favores. La otra vez, miren nada más lo que hizo, para darles un ejemplo que ilustra claramente lo que es mi mujer. Una vecina tenía una entrevista de trabajo y no quería correr el riesgo de que la viera nadie de esa oficina llegando en autobús, no era un gran puesto pero ya sabes cómo somos, si nos vemos bajar de un auto nos creemos exitosos, pero ese es otro tema, lo chistoso de este asunto es que, ese mismo día, mi mujer necesitó usar el coche, y al no tenerlo, tuvo que usar el transporte público, molesta. Molesta con ella misma por ser tan bocona y con la gente por vivir de las apariencias, pero al mismo tiempo ella estaba feliz de haber podido ayudar a esta señora, ¿me entienden?, nunca supe si le dieron el trabajo o no. Tengo que preguntárselo, si me dan un instante, lo anoto. —Ender se levantó sin esperar respuesta y fue al mueble de los cubiertos. De una de sus gavetas sacó un cuaderno de doble línea con una larga lista de anotaciones.

Una de las señoras, la que tenía un ojo triste, miró a la severa pidiéndole autorización para intervenir. La severa le sostuvo la mirada sin que pudiera leérsele ninguna dirección, pero de inmediato le habló a Ender como urgida de que no se extinguiera la conversación.

—Esa parece una lista larga.

Ender ni siquiera levantó la vista. Las mujeres no supieron qué hacer con el silencio. La ansiedad les rellenó de vacío los segundos. Ender escribió, tachó, volvió a escribir. Las mujeres se revolvieron en sus asientos. Acomodaron las faldas de sus vestidos. Se irguieron de dignidad. Pestañearon muy seguido. Pero Ender no se enteró de nada de esto. En cambio, fue a la alacena muy tranquilo y cuando se le vino a la cabeza un asunto que tenía pendiente, levantó su lápiz un momento para señalar al cielo.

—Ah, a lo mejor ustedes me pueden contestar esta pregunta.

Al mismo tiempo la señora del ojo triste dijo algo. Algo que nadie pudo escuchar porque sus palabras quedaron opacadas por la excitación de Ender.

—¿Cómo puedo quitar el moho del baño?

Esta vez las chicas sí se miraron las unas a las otras. Si hubieran estado menos vigiladas por la mirada de Dios tal vez hasta se hubieran sonreído. No pudieron creerse la pregunta, por lo que Ender siguió explicando el motivo de su preocupación.

—Es que se mete entre las baldosas, entre las líneas que una vez fueron blancas, ¿saben?

Entonces, el silencio fue la respuesta de las señoras.

—Ya traté con todo, pero nada. Las baldosas las puse resplandecientes, si quieren pasamos para que las vean, están brillantes. Pero el moho sigue ahí, esparciéndose poco a poco y sin parar, como verdolagas. Ender las miró a todas, una por una, con esa sonrisa de niño que busca aceptación cruzándole toda la cara.

—¿Cuándo fue la última vez que vio a su esposa? —le preguntó la señora del ojo triste con el tono que utilizaría una enfermera ocupada que sólo quiere saber el estado del paciente para dejárselo saber al doctor. Era la misma pregunta que le formuló antes pero que se perdió en la conversación. Igual Ender siguió enfrascado en lo que estaba tratando de resolver.

—Tal vez la vecina tiene el mismo problema y me puede ayudar a resolverlo. ¡Valmore Azuaje! Valmore me puede ayudar. —Las señoras miraban a Ender, sonriendo—. El dueño de la hamburguesería, lo malo con él es que va a querer venir a resolverlo él mismo. —Ender les sonrió avergonzado, como dándose cuenta de que hablaba sin parar—. Es que luego va a querer venir a cobrarme un dinero que no tenemos en este momento, es buena gente, pero... cuando no se puede no se puede.

La severa volvió a repetir la pregunta de la señora del ojo triste, sólo que ahora su voz iba subiendo en volumen a medida que iba hablando:

—¿...un día?, ¿dos?, ¿una semana?, ¿dos semanas?, ¿un mes?, ¿dos meses?, ¿cuánto?

Ender, con su sonrisa congelada, no escuchó lo que decían las palabras de la severa pero percibió la ira que fue aumentando y aumentando hasta casi ahogarla. Se la quedó viendo sin saber si huir o atacar. La severa lo entendió como una señal de contenida violencia y dejó que la pregunta quedara resonando. Pero Ender siguió lívido. Así que ella tuvo que calmarse y volver a plantear la interrogante en un tono más amigable. Ender fue recuperando la compostura como una lluvia de hojas en grácil caída hacia los pies de su árbol. Ya arrinconado, tuvo que poner en palabras lo que no lo dejaba dormir por las noches.

—No tanto tiempo. Parece más pero no hace tanto tiempo. Ya saben cómo es ella. Como el agua. Se va metiendo, se va metiendo, y de pronto estás enchumbado.

Sentadas en la punta de sus sillas, con sus cabezas levantadas hacia él, las señoras seguían sus palabras con atención, como esperando una recompensa. La luz blanquecina del sol las definía desde las espaldas, rescatando de las sombras la mitad de sus rostros. Ender no podía dejar de mirarlas al cuello, todos largos, todos delgados, todos mórbidamente iluminados.

—Igual es en el trabajo. Al menos eso me contaba y conociéndola sabe uno que así pasó. Ella se fue encargando cada vez de más cosas. Se fue haciendo responsable de más cosas. Se fue haciendo imprescindible, pero al mismo tiempo eso la fue comprometiendo más. Fue subiendo en el escalafón todo lo que pudo, y bueno, subió la compensación también, y sigue subiendo. Por eso no me extraña que no venga a dormir a la casa. Hay días en los que tiene que salir de viaje a la sede de una de las empresas de la compañía, como la llaman ellos. Dos, tres días, una semana. La suerte fue que ella comenzó en una de las empresas pequeñas, pequeñita, del grupo de empresas que forman la compañía, sin saber que no sólo era un trozo de un pan entero, bien grande, sino que era la empresa preferida del dueño del conglomerado y, por eso, la llevaba él personalmente. Una empresa de discos de vinilo. Ya no tienen futuro, ni los discos ni la empresa, pero fue la semilla de todo el grupo empresarial y ¡ja!, ahora resulta que los discos de vinilo tienen un sabor retro que los puso de moda de nuevo.

Una de las señoras, emocionada al escucharlo hablar de su esposa, se atrevió a intervenir sin el permiso previo de la severa:

—Yo creo que la vi, la semana pasada... —La severa volteó a mirarla y a ella se le quedó la frase en el aire, como mal colgada, y la terminó mirando a la severa y pidiéndole disculpas con el rostro— ...Pero después de eso... —La señora no pudo más y dejó la frase ahí.

—Dos semanas, creo —dijo Ender casi entre dientes y no dejó de hablar repitiendo versiones de la misma diatriba cada vez con más urgencia, más a borbotones, más entrecortadas. La voz parecía arderle como a un paciente de cirugía a quien le hubieran acabado de remover el tubo de alimentación—. La verdad es que me extraña que no se haya comunicado hasta ahora. Ya ha tenido más que tiempo de dejarme saber dónde está o qué está haciendo, cuándo piensa volver o qué la ha retenido. No es la primera vez que ha tenido que salir de improviso, pero siempre se reporta, da una llamadita, que eso no quita mucho tiempo. Ella avisaba. No entiendo qué pasa. No puede ser que no haya podido recargar la batería del teléfono. Yo no tengo con qué comprar una tarjeta para llamarla pero recibo llamadas, y ella usa el teléfono de la oficina. No puede ser que no haya conseguido un teléfono público o que esté trabajando desde un lugar donde no exista un teléfono, ¿no es cierto?

La severa se levantó de su asiento y enseguida el coro de señoras hizo lo mismo. Todas llevaban sus manos estiradas como tratando de alcanzarlo antes de llegar a él. Ender dejó de hablar al sentir el nudo en la garganta y la humedad en sus pupilas. La severa lo tomó de una mano y la señora del ojo triste por la otra. Entre todas hicieron un círculo. A las señoras les apareció por fin el momento por el que estuvieron esperando. La severa mirando a lo alto hizo que todos subieran sus manos para pedirle a Dios que los guiara al paradero de Miranda, esposa de Ender.

—¿Extraña a su esposa? —le preguntó la severa.

—Claro que sí, es lo normal, ¿no? Igual ella me extraña cuando yo no estoy, es mi esposa.

La severa siguió preguntando como si sirviera de canal de comunicación con el Supremo:

—¿Alguna vez ha pensado en la muerte?

—Sí, claro, más de alguna vez.

—¿Nos cuenta alguna?

Ender se quedó pensando por unos momentos y pudo mirarse, ver todo el conjunto como una mosca pegada al techo de la sala: todos agarrados de manos, siluetas horadadas por la resolana en posición de ancestral adoración. Allá abajo, la ciudad seguía pulsando en discontinuos bocinazos, sirenas de ambulancia, de policías, tiros del bando de los buenos, tiros del bando de los malos, tiros al aire, tiros de gracia.

—Cuando estaba pequeño —dijo Ender por fin—, y me castigaban por algo que yo no había hecho, me imaginaba a mí mismo muerto, como venganza. Me imaginaba siendo velado. Yo estaba al centro, rodeado de velas, cientos de velas de diferentes tamaños, unas casi consumidas, otras a la mitad, otras casi nuevas. Todos los que alguna vez me regañaron lo lamentaban profundamente y no se cansaban de repetir lo bueno que era. Me imaginaba a mí mismo en un cuarto muy grande, de techos altos, oscuro como una iglesia. No había nadie. Sólo yo. Muerto.

Las chicas sostuvieron la respiración por unos instantes.

—Ahora —dijo la severa— pensemos algo bonito que recordemos de Miranda, luego rezaremos para que estas dos almas vuelvan a reunirse, pronto.

Pero antes de guardar silencio para pensar en su esposa, Ender compartió con las señoras lo que estaba sintiendo en aquel momento:

—¿Ustedes creen que le haya pasado algo a mi esposa?

CINCO

—¿Vamos a la playa mañana? —le preguntó Macuto Antúnez a los hijos con ese tono que tienen los padres de dejarle saber a sus hijos el plan del día y que lo único que tienen que hacer es alegrarse porque ya todo está pensado para que salga bien. A la mañana siguiente saldrían con los primeros claros de la alborada. Su compadre Neftalí los llevaría a tomar el autobús en el carro de alquiler por puesto con el que se ganaba la vida navegando las calles del centro de la ciudad.

Desde el amanecer el cielo estuvo de buen humor pero Macuto reconocía que tenía que irse con cuidado porque todo podía cambiar en una ráfaga. Él, con la ayuda de los hijos, llenó el coche del compadre Neftalí de los olores caseros de una cacerola de espagueti boloñesa, bronceador de aceite de coco y ropa hedionda a orines rancios de niños sin supervisión. Cuando pasaron a buscarla al hospital, Manzana, una morena recia como un mediodía en el desierto, llevaba la mirada descaminada y la fluorescencia en la piel de una *geisha* milenaria; pero en el pecho, como no le sucedía en mucho tiempo, el alma le hacía cabriolas de un lado a otro tejiendo futuros legendarios. Juntos serpentearon por los riscos de la montaña, donde vivían los más pobres de los pobres aferrados a los barrancos.

Una hora más tarde el autobús los dejaría a todos bajo un lindo día donde la playa reposaba hermosa toda su alegría.

Manzana Carrasquero de Antúnez nació con una insuficiencia renal consecuencia del oficio de perforador de petróleo de su padre. Fuerte como un toro de faena, todos lo conocían o bañado en petróleo o recién bañado en disolvente de petróleo. El mismo disolvente que usaba su esposa para quitarle a la ropa el pegote de "energía de fósil", como a él le gustaba decirle, y que después se determinó fue la causa de la ruina de los glomérulos de Manzana.

—Voléala, voléala —le gritó el hijo a Manzana antes de que la pelota de playa con la que jugaba con Macuto le golpeara en la cabeza.

—Ay, mi amor... —le contestó Manzana con la alegría mansa de los enfermos renales. Manzana esperaba el tercer trasplante de su vida. El primero lo recibió a los seis años, sin saber que esa melancolía bonita que se le posó en el alma no era más que el mal funcionamiento de uno de sus órganos vitales. El riñón fue un regalo de su atribulado padre quien, con el vacío desolador de la culpa, esperó junto a ella a que el contenedor de sus tripitas creciera lo suficiente como para dar cabida a un órgano extraño a su cuerpo más grande que su estómago de niña. Manzana siempre lamentaría que su padre no viviera lo suficiente para enterarse de que ella le estaría agradecida hasta la muerte por haberle dado vida dos veces. Los médicos del dispensario, quienes habían desafiado una vez más a las leyes de la naturaleza para lograr que el tierno implante prendiera en la niña, le aseguraron a su padre, con la sabiduría gorda de sus libros médicos, que el promedio de vida de un riñón trasplantado era de seis, siete años con suerte. Manzana les mostró con su ejemplo lo que su madre le enseñó a ella: que "las ciencias son el castigo de Dios para los incrédulos". Y no dejó de usar el riñón que le regaló su padre hasta los dieciocho años cumplidos, cuando sus ligeros requiebros dejaron de ser manías típicas de una chica enamoradiza y pasaron a ser desmayos fulminantes que, sin aviso, la desparramaban en cualquier parte dejándola por los suelos en poses de muñeca de trapo.

Las nubes cerradas de negro halaron el agua de la playa llevándose bien adentro del océano todo lo que había en sus orillas. A Macuto la culpa le palpitaba en la frente, y con el agua en la cintura, luchaba por correr sin alarmar a la hija, que flotaba en su tubo de llanta de camión navegando alegre cada vez más lejos de tierra firme. Al perder contacto con el suelo, Macuto comenzó a nadar de pecho para evitar que la niña escuchara su chapoteo. No debió traer ese tubo o dejarla jugar sola. Debió obligar a su hermano a ir con ella, o a ella a jugar en la orilla con su hermano. Tal vez, debieron quedarse todos en casa, cada quien en lo suyo: Manzana en el hospital y ellos en el cerro viendo televisión.

Manzana recibía diálisis cada dos días, pero ya sus riñones cansados reclamaban más atención con desvanecimientos frecuentes que le dispersaban los recuerdos. Con la hija navegando en su tubo y el hijo empeñado en armar una ciudad de arena interconectada por una red de túneles imposibles que le obligaban a la reconstrucción constante, Macuto aprovechaba de recuperar la sonrisa de su esposa entre vahído y vahído hasta que el último los amenazó con volverse un coma. Fue en ese rato que el cielo se cerró, llevándose de paseo a la niña.

—Ella vuelve ahorita —le contestó Macuto al hijo quien vino alarmado a ver a su madre inerme durmiendo con el cuerpo todo desordenado sobre las enormes flores de su toalla. Pero enseguida el mismo Macuto se descubrió a él mismo, desesperado dándole cachetadas a Manzana para devolverle el alma al cuerpo.

Manzana le pidió que le contara cosas de los hijos y Macuto, a pesar del apego maniático al juramento que se hicieron de no ocultarse nada por lacerante que fuera, no tuvo corazón ni para escapar a su pedido ni para desolarla con la cruel estupidez de la verdad. Así que se permitió esquivar la promesa agazapado tras el frágil pilote de que aquel fue un compromiso romántico de una pareja de implumes enamorados y no la razón estoica de un padre y una madre ejerciendo erguidos su papel. Cuando le contaba las mentiras inocentes que se aprendió para ella supo que se había lanzado al vacío inabarcable de la soledad completa.

Macuto engañaba a Manzana con tonterías incomprensibles, como que la niña seguía siendo el ángel obediente y bondadoso de siempre que sólo daba alegrías. Que Purificación Ávila, quien se la cuidaba a cambio de la seguridad que le daba el ser amiga de Macuto, sólo tenía elogios para su niña de ojitos de pozo fresco. Y con esa verdad como trampolín, Macuto saltaba a dar gracias a Dios, asegurándole a Manzana que también el hijo les había salido muy recto, juicioso, preocupado de sus estudios y querendón con su hermana. No tuvo valor para decirle que un par de días antes tuvo que usar todas sus mañas para sacarlo de la comisaría por desorden y mala conducta ciudadana. Un incidente que pudo ser solamente una escaramuza entre estudiantes si hubiera ocurrido dentro de la escuela, pero que los niños lo volvieron caso civil y público cuando decidieron ventilar el fogón en la calle de enfrente.

Macuto y su hijo salieron de la cárcel sin hablarse. El hijo no se atrevió a preguntarle a dónde iban. La verdad era que Macuto tampoco lo sabía. Acostumbrado a enfrentar el humor crudo de la ciudad, Macuto Antúnez pocas veces perdió su ancla con este mundo a causa de una rabia. Cuando cruzaron el portal del zoológico él y su hijo ya habían sudado todo el malestar en la larga caminata. Un rato antes, Macuto entró a la comisaría con la certeza desesperada de que todo aquello era un malentendido. Comprendió demasiado tarde que no existía ingenuidad más desconcertante que la de ser padre. La sala tenía la atmósfera y la resonancia sorda de un páramo perdido. Con la parsimonia de sus pasos de hipopótamo se acercó al policía de guardia que estaba sentado tras el escritorio de recepción. Jenry Tarazona, decía grabado en letras blancas el emparedado de baquelita negra que llevaba prendido sobre el bolsillo del corazón; Jenry usaba el cabello ordenado en gruesos surcos domados con gomina, olía a pachulí decomisado y presidía altivo el escritorio de recepción con la ingenuidad inquebrantable de su juventud.

—Vengo a buscar a mi hijo —le dijo Macuto, y cuando el policía le pidió que se identificara, Macuto le contestó con otra solicitud—: Vengo a ver al teniente Raúl Soto Bermejo.

No estaba Jenry al cabo de saber que Macuto reaccionaría a su respuesta tendiéndole la mano. El joven sonrió y le aceptó el respetuoso saludo. Al tener sus manos entre las suyas, Macuto le torció el brazo hasta hacerlo volverse de espaldas y doblarse por la cintura. Jenry sonreía para disfrazar el dolor y la vergüenza cuando escuchó dos disparos al aire de su propia arma accionada por Macuto. La recepción se llenó de policías apuntándole a la cabeza, listos para disparar. Pero ya Macuto había soltado a Jenry y le había devuelto su arma, cacha por delante, como indica el reglamento. Soto Bermejo se asomó y al encontrarse con su viejo compañero de patrullas, lo saludó con un cariñoso grito:

—¡Macuto maricón! —Todas las armas buscaron presurosas sus fundas y las miradas a los ojos de Soto Bermejo. Macuto y Bermejo se miraron sonrientes, con los brazos en alto como en súplica al Supremo. Macuto reconoció ante los demás la autoridad de Bermejo, caminando hacia él para saludarlo. Los dos amigos se abrazaron de medio lado para evitar roces prohibidos entre machos, para luego castigarse frente a todos con sonoros manotazos en las espaldas. Toda la tensión de la sala se derramó por las ventanas.

—¿Es tu hijo? Tal palo tal astilla. —Y los dos fingieron carcajadas mientras los presentes sonreían atentos a lo que pudiera pasar, pues todavía no se definía bien la situación.

—Así es, así es —contestó Macuto, aunque él no se declaraba como alguien violento sino como un hombre que actuaba con decisión y usaba la agresión física únicamente como último recurso. Soto Bermejo, que había visto esa resolución en acción, conocía que sólo terminaba cuando llegaba al final del asunto.

—No pasó nada, cosas de muchacho —dijo Soto Bermejo.

—¿Me lo puedo llevar? Tengo cita con el médico de mi esposa —preguntó enseguida Macuto sin ánimos de entrar en conversación.

—¿Cómo sigue doña Manzana?

—Ahí va, ahí va.

No tuvo otra opción que quedarse un rato con Soto Bermejo. Quince minutos después, cuando Macuto salía con su hijo, en la sala de la comisaría se respiraba el rumor alegre de una parrillada entre amigos.

Sin planearlo, padre e hijo terminaron frente a la jaula abierta de los monos, que sufría del mismo desamparo que el resto del zoológico. Un patio árido encerrado por un río artificial de cauce de cemento armado y aguas pestilentes. Un reguero de monos como en grupos de tute intentaba escapar de la maza de sol que amenazaba con pulverizarlo todo. Ninguna de las otras jaulas gozaba de la concurrencia que se agolpaba de martes a domingo a acechar por horas a sus parientes primates. Macuto y su hijo, junto con una veintena de personas, los contemplaba con el mismo vértigo con que los padres observan sus yos repetidos en los gestos de sus hijos.

Uno de los monos robó la atención de su vecino. Se fijó en él con arrobo, se fijó en el vacío de sus ojos acuosos, en el luto intenso de su pelambre cochambrosa, en la burla sin sentido de su falsa risa, y por un momento hubo la certeza de que ambos sabían todo lo que había que saber acerca de la existencia, y con el cuidado de una madre preparando a su hijo para su primer día de escuela, comenzó a acicalarlo, a librarlo una a una de todas las pulgas que le escocían el cuerpo, como si en el mundo no hubiera tiempo para otra cosa. La sumisa ternura del vínculo brilló en la mirada devota de todos, hasta que del fondo del patio vino otro mono dando gritos de alarma, y corriendo a saltitos de Cuasimodo, le dio un sopetón en la nuca a uno de los miembros de la pareja y rompió el hechizo como si fuera una gran pompa de jabón. El agredido atacó. La persecución incendió de gritos toda la jaula. Los humanos, aun estando a salvo detrás de la barrera, dieron un paso atrás. Protegido por la violencia de la algarabía, Macuto rompió a hablar:

—No dejes que los demás te dominen con lo que piensan de ti.

—¡Si no le hice nada!

—Te pusieron preso.

—No sabes lo que me dijo.

—¿Y tú eres lo que te dijo?

—Me lo dijo frente a todos.

—¿Y eso qué?

—Le hice que me lamiera los pies frente a los demás.

—¿Sabes cómo me llaman a mí en la calle?: El gorila.

Sin levantar la mirada de la punta de sus pies, el hijo de Macuto luchó por contener la sonrisa que le sobrevino al recordarse a él mismo cualquier tarde de aburrimiento haciendo reír a su hermana al imitar el gesto de gorila de su papá. La histeria en la jaula amainó, mientras el hijo de Macuto intentaba ganarle a las contracciones de risa que le temblaban en el estómago pensando que después de todo pudiera estar a salvo, pudiera ser que su padre creyera que sus espasmos eran los de un macho reprimiendo su llanto. Macuto sospechó lo que estaba pasando y se asomó a mirarlo. La risa contenida le chispeaba al hijo en los ojitos. Y juntos se rieron de todas las mentiras que compartían y todas las verdades que los unían. Rieron con la risa franca de dos inseparables amigos que se reconocen como compañeros del mismo largo y agobiante viaje.

—Ese niño hace electricidad del aire —le dijo Macuto a Manzana con un entusiasmo prestado de otros triunfos.

La playa era un relajo de pobres comiendo emparedados de mayonesa, sopas de bagresitos en agua de mar, todos bajo el encanto saltarín que salía de sus radios tan grandes como sofás. Aquellos eran los mismos pobres que al bajar por el otro lado de la montaña llenaban de vida las calles de la ciudad con sus gritos de bisuterías, sus escupitajos de fuego en los semáforos o empañándole los vidrios a los carros de los choferes distraídos.

—¡...una turbina! Como la de los aviones pero vertical. Hecha con papel de aluminio, palos de gancho de ropa y un ventilador. Si ese niño logra conectar eso a un cable... ¡Ya! Seremos otra cosa. Seremos otra cosa, mi amor. Toda la familia.

Manzana se dejaba llevar feliz como una niña por el laberinto torrencial por el que Macuto la paseaba con su verbo. Las gaviotas, a la caza de algún bocado, tañían sin perder de vista la costa sostenidas en el viento como cometas infantiles. Alguien gritó una advertencia y enseguida se contagió a tres gargantas, a siete, a quince gargantas más. Toda la playa se llenó de un chapoteo febril: Una niña se había caído de la cámara de llanta de camión en la que flotaba.

La hija de Macuto perdía la lucha contra el abrazo del mar. Salía y entraba del agua ya no por voluntad sino por el vaivén de la superficie. Sus grititos al halar aire se confundían con las terribles ganas de llorar que le provocaba lo desconocido. A cada gemido se anegaba de buches de aire mezclado con agua salada que le hacían arder las narices como un aliento de fuego. Nunca más en su vida llegaría ella a sentirse tan devastadoramente sola estando rodeada de tanta gente. Macuto, con el agua al cuello, perdió el contacto con el piso y se echó a nadar.

Las manos de Miki, ásperas como arrecife, tomaron a la niña por las axilas, alzándola por encima de superficie apenas el tiempo suficiente para que vaciara su taponado esófago.

El héroe tenía nombre de pila, pero sus orejas de animal atento le ganaron el nombre del ratón animado más famoso del mundo. Miki fue un náufrago de la ciudad hasta hacía muy poco. Una tarde de domingo decidió llevar a cabo el plan que rumió toda la vida: quedarse en la playa el resto de su existencia y nunca más subir a esconderse a la montaña de favelas puesta en pie por las oleadas de empobrecidos que, como él, alguna vez vinieron a dar a las orillas de la metrópolis como basura resacada de las miserias de la provincia. Ahora estaba enamorado de la ingenuidad infantil de una mujer veinticinco años menor que él. Así que Miki decidió volver a ejercer el oficio que aprendió jugando cuando era niño, cuando volvía a casa con las manos como ramilletes de pasitas en cinco estacas, pero con un cargamento de buen pescado que alcanzaba para la cena, pagar las cuentas y algunos favores a los vecinos. No perdía nunca una competencia acuática. Nadie nadaba más rápido bajo la superficie. Nadie resistía más tiempo bajo el agua. Sus pulmones, que fueron pequeños en alguna época, se hicieron grandes hasta lograr vencer el rugido perenne del mar, hasta conseguir bajar a las entrañas donde escondía a los peces más gordos, apetitosos y apacibles. Hacía poco que su mujer había perdido a la Maribelita de los dos. El hierro deslavado por la desnutrición de generaciones hizo a Maribel menudita y grácil como un pajarito, y muy débil para la maternidad. Y con Maribelita, los dos extraviaron las esperanzas de llenar las orillas de su choza frente al mar con un xilófono de niños que desparramaran el resto de la semana la alegría de los domingos en la playa.

Pero Miki no era rescatista. No conocía de métodos de resucitación, de técnicas de salvamento o consejos de seguridad y nunca había sufrido en carne propia la desesperación de los ahogados. Y cometió un error de principiante. Cargó a la hija de Macuto cara a cara, como quien levanta a un niño del suelo. Ciega por el espanto del abismo, la niña quiso escalarlo como a una roca. Sus manitas hechas garfios atribulados se aferraron a la nariz y los ojos de Miki, mientras con los pies ella trataba de montársele sobre los hombros. Lo único que alcanzó a hacer fue hundirlos a los dos. Miki se escurrió. Nadó a lo profundo hasta quedar fuera de su alcance.

En la playa, junto a la funda de almohada que trajo para sentarse sobre la arena y sus chancletas de goma, el celular de Macuto encendió silencioso su pantalla para dejar leer la palabra con que identificaba las llamadas de su jefe, el único de sus contactos telefónicos que no tenía que hablar jamás con su contestadora telefónica: *"¡CONTESTA!"* Pero Macuto, con el corazón pulsándole en las sienes, en la garganta, en las órbitas, luchaba por alcanzar a su niña, quien ya había dejado de luchar y con cabellos de medusa eterna se entregaba lenta en una danza ingenua a la música seductora del mar.

El segundo riñón de Manzana se lo consiguió el propio Macuto en su último día como miembro de la fuerza policial de la ciudad. Manzana sabía que después de dos años oficiales de espera su lugar en la lista de riñones donados era el doscientos treinta y dos.

—¿Cómo es que estoy de primera en la lista? —Sorprendida por la bondad de la milagrosa aparición, Manzana quiso saber más, pero Macuto aisló su pregunta usando sus vapores mágicos de escapista: ¡puff! «Hablando con la gente, mi amor. Hablando se entiende la gente». Y Manzana asintió y guardó silencio porque con él había aprendido que en la vida existen certezas que es mejor no revisitar en voz alta.

Aquel día, Soto Bermejo lo llamó a su oficina para hacerle entrega de un teléfono móvil. «Guárdalo, mantenlo encendido siempre. ¿Entendido?». Y sin esperar respuesta, Soto Bermejo llamó a las secretarias en el pasillo. «Necesito dos testigos», les dijo, y sin detenerse a respirar comenzó con el acto oficial. «Siguiendo la Ley del Estatuto Oficial y el nuevo paradigma del funcionario como servidor del pueblo en labor eminentemente preventiva, pedagógica y de respeto a los derechos humanos. Luego de una ardua y exhaustiva investigación de sus labores como elemento policial, se llegó a la determinación de suspenderlo indefinidamente de su cargo por negligencia en el ejercicio de las labores que de usted se esperaba. Sin más, entregue su arma y su placa porque ha quedado usted destituido». Aunque Macuto conocía de sobra los métodos de Soto Bermejo, igual lo arrollaron por completo. Cuando Macuto se acercó a su jefe con la placa y el arma en las manos, él lo abrazó y le dijo: «quédatelas, siempre es bueno tener amigos en los dos bandos».

Macuto no revisó el mensaje que le dejaron en su teléfono hasta que llegó la hora de abandonar la playa. El sol se hundía en el horizonte de agua mientras en la contestadora él escuchaba por quinta vez la frase de cinco palabras con la que supo que tenía que terminar con el sobreviviente del siniestro aéreo: «La película no ha acabado». Un rato antes le pusieron en sus brazos el cuerpo inerme de su hija. Manzana había perdido el conocimiento a gritos, tratando de saber por boca de su marido si su hija aún estaba con vida. Macuto llegó a la orilla y como una ofrenda colocó a su hija junto a Manzana. La niña tosió, se volteó sobre su cuerpo y vació su estómago lleno de agua salada. Manzana despertó y se unió al júbilo de todos. Los aplausos se callaron un momento para escuchar decir a la niña:

—Papi, tengo sed. ¿Quedó soda?

SEIS

El mar estaba picado hasta las náuseas. Ender sólo lograba ver el horizonte en los instantes en que el barco quedaba suspendido en el aire después de cada intento de las olas bravas por escupirlo. Cielo y océano eran un mismo abismo en el que incluso los pelícanos habrían de naufragar. La tripulación enfundada en impermeables parecía zarpazos amarillos sobre el oscuro manto azul. Ender no lograba identificar el barco en que iba. ¿Era un pesquero? ¿Era un remolcador? ¿O era aquello la Segunda Guerra Mundial? Tuvo la certeza de que un torpedo los alcanzaría en cualquier momento y entró en pánico. El mundo se le dio vuelta y quedó patas arriba. El agua salada le ardía en los ojos, le inundaba la boca, lo ahogaba. Escuchó lejana, sorda, opaca, una risa tonta de mujer. Como buzo a pulmón, Ender chapaleteaba con todas sus fuerzas. Lentamente, fue saliendo de las profundidades del sueño. Empezó a ver más luz a su alrededor. El agua se fue haciendo más clara. Escuchaba mejor los sonidos. Hasta que por fin rompió superficie. Despertó aspirando ardientes bocanadas de conciencia haciendo un ronquido de morsa. Gotas de sudor se habían colado en su boca y sus ojos. Sudaba a chorros. La realidad eran manchones que se le fueron definiendo como una Polaroid. La risa de mujer sonó nuevamente. Clara, como las campanillas de un monaguillo. Pero cesó antes de que pudiera ubicarla, antes de que pudiera determinar si era parte del sueño o no. Estaba en su casa pero no lograba enfocar nada. Todo era un reventón blanco, desdibujado. El estallido de la resolana pulsaba a través de todas las ventanas obligándolo a entrecerrar los ojos.

La risa de mujer era de la chica del bikini. La chica que estuvo espiando. Pero Ender no sabía que era ella. Tampoco estaba al tanto que estuvo ahí, agachada durante un buen rato, preocupada, creyendo que le sucedió algo. No percibía que seguía ahí, junto a él. Una vez que la chica del bikini se dio cuenta de que Ender estaba respirando no pudo resistir el quedarse mirándolo. Existía algo en el rostro de Ender que se le antojaba familiar. Que le hacía sentir que lo conocía de antes. Por su trabajo, ella estaba acostumbrada a relacionarse con hombres guapos. Ender no le pareció tan hermoso como un modelo de anuncio de calzoncillos de marca, pero la mandíbula fuerte le daba un rostro de caja que no le sentaba mal. La afición a las pesas se le notaba en el arco de cayos en la base de los dedos. La chica calculó que Ender tendría al menos diez años más que ella. Ender roncó sobresaltado y a la muchacha le atravesó una punzada de culpabilidad. ¿Qué estaba haciendo ella ahí? ¿A qué había venido? ¿Era un plan de venganza? ¿Vino a reclamarle a él por lo mismo que ella estaba haciendo? Espiar, vigilarlo, observarlo con atención.

—La puerta estaba abierta —comenzó a disculparse como con ella misma. Y era verdad: cuando empujó la puerta, se abrió de par en par, dejándola frente a una casa pintada de palmo a palmo por un reguero de sombras negras como la tinta acuchilladas por los rayos del sol. El silencio flotaba como si acabase de pasar algo. Uno de los conos de luz apuntaba a un lugar definido. La chica del bikini lo siguió sin proponérselo, por pura curiosidad. Y ahí, bañado por el cono, se encontró a Ender en posición fetal, hecho una sopa de sudor. Bajo el lavaplatos. Bueno, no exactamente bajo el lavaplatos. En el espacio de junto que pudiera haber servido de alacena para bultos grandes de comestibles. Ender sonrió con la mitad de la boca. Como cuando acaricias la mejilla de un recién nacido. La chica del bikini dio un respingo cuando Ender, de improviso, levantó los brazos manteniendo las manos inermes, como si lo manejara un titiritero. Una sonrisa de desconcierto brotó en su rostro. Supo que Ender estaba despertando y que muy pronto la miraría a la cara. Qué vergüenza, ya no le daría tiempo de llegar a la puerta y escurrirse. Ender jadeaba como si estuviera corriendo a toda velocidad. El resuello se volvió gemidos, intermitentes, muy rápidos, muy seguidos, como los de un desesperado haciendo el amor. Por alguna razón, le pareció gracioso aquel sonido. Sin darse cuenta rio como una adolescente, y fue esa risa la que terminó de sacar a Ender violentamente de sus sueños. Ender intentó incorporarse, golpeándose con el "techo" del cubo donde se acomodó a dormir. Ella se tapó la boca, tratando de atrapar la risa que se le escapó al verlo con los ojos abiertos en blanco tratando de succionar la realidad. El dolor del golpe le sobrevino en una segunda oleada. Aprovechó que Ender había cerrado los ojos para levantarse. Ender se incorporó sin verla, sin ver la habitación, sin ver nada, y guiado sólo por la memoria, fue al lavaplatos, abrió la válvula y metió la cabeza bajo el chorro de agua.

Ender podría ser uno de sus admiradores. Ella revisó con la mirada toda la estancia en busca de un aparato de televisión. La casa de Ender, como la de ella, como todo el barrio, estaba hecha de retazos. Una *chifonier* de abuela con espejo y todo. Un par de bancos plásticos, uno azul y el otro gris. Una mesa de madera sin ningún estilo que fungía de comedor. Cuatro sillas aparentaban completar el juego, pero sólo porque estaban a la mesa. Una tenía el respaldo hecho de cilindros, la otra era de respaldo sólido y en el asiento tenía horadada la forma de las asentaderas, y las otras dos eran las más parecidas entre sí porque tenían respaldo de paletas.

Pequeñas baldosas de forma rectangular, como de arcilla, cubrían toda la sala y terminaban abruptamente en el umbral que daba a lo que ella supuso eran las habitaciones, del otro lado llegaban a la puerta principal. En ambos casos, el piso bajaba unos milímetros de grosor de la cerámica para dejar ver sobre lo que descansaba: cemento rústico. Los otros dos lados terminaban formando una "V" invertida en el aire y de ahí seguía en una suerte de terraza. Era en ese lugar donde

Ender levantaba sus pesas, mientras admiraba a la ciudad o a ella. Por fin encontró el televisor en un mueble colmena que dividía la sala del comedor, y que parecía hecho en casa con desfondadas cajas de madera y clavos. Estaba repleto de cosas. Un termo rojo y blanco del tamaño de una olla, hecho de plástico áspero para facilitar su manipulación. Ollas grandes, golpeadas, llenas de dibujos de humo hechos por el fuego doméstico. Una resma de papel tamaño carta. Uno de los anaqueles dedicado sólo para adornos pequeños, que le hizo recordar que su madre les tenía un lugar especial a los adornos indeseados: un lugar privilegiado y bien visible en el área social, una especie de purgatorio donde los adornos esperaban a ser tropezados para pasar a mejor vida. Elefantitos de cristal, huevos de ónix, murciélagos de cerámica brillante y detalles dorados, racimos de uvas de vidrio morado traslúcido, delfines entrecruzados y en degradé de azules, mariposas en blanco y negro.

La chica del bikini sonrió al ver el portarretrato con la foto de un bebé con piernas tan gordas como su cara. En el hueco inferior estaban todos los enanos de Blancanieves en versión peluche. Cascarrabias. Mudos. Estornudos. Dormilones. Treinta o más, todos repetidos dos, tres, cuatro veces. Un picó, un reproductor de discos compactos y dos grandes bocinas hechas en casa contenía el anaquel que rodeaba y escondía al pequeño televisor. Un aparato de tubo, color naranja, y probablemente en blanco y negro. No podía ser. Seguramente tenían el televisor en el cuarto. Una gran tele plasma con cinco bocinas de sonido envolvente y un control remoto con más teclas que una computadora.

Tuvo que decidirse a preguntar en voz alta: «¿Tú eres fanático de *Sábado Espectacular*?».

Ender saltó del susto y se golpeó la cabeza con la boca del tubo del lavaplatos. Se agarró la cabeza con las dos manos. Se veía las manos y se volvía a tocar la cabeza, una y otra vez. Cuando el dolor bajó un poco de intensidad volvió a escuchar la risita que escuchó en sueños. Con los ojos entrecerrados, Ender quiso reconocer la silueta de su esposa en el manchón negro de pie al borde de su sala.

—¿Miranda? —murmuró casi sin voz. Y Ender hubiera jurado que la figura se irguió derechita como lo hacía Miranda cuando él la llamaba por su nombre. Firme como niña de escuela cantando el himno nacional en la fila de su clase. Las piernas demasiado apretadas la una contra la otra. Los brazos tan pegados al cuerpo que los hombros se le iban hacia adelante. Sus ojos clavados en los tuyos. Y una sonrisa traviesa que a Ender lo desarmaba en trocitos. Para Ender, era ella.

—Miranda —repitió, ahora con la voz llena, pero el requiebro involuntario de la nostalgia le rebotó en la garganta. Entonces, a ella se le escapó la risa. Pero aquella no era la hermosa risa de Miranda. Aquella no era la sinfonía de móviles que él se empeñaba en mantener sonando, sin importarle la payasada que tuviera que hacer.

—¡Miranda! —volvió a decir, esta vez como si estuviera impartiendo una orden, y tal vez por lo mismo, porque lo dijo con convencimiento, Ender se fue sobre la Miranda de su ilusión como un toro al capote, y sin darle tiempo de responder le preguntaba dónde había estado, por qué no lo llamó, ¿no servía el móvil? «Siempre pasa», le dijo, «se agota la batería, te sales del área de cobertura, te quedas sin minutos, y ahora hay tan pocos teléfonos públicos». La chica del bikini detuvo su embestida con un grito.

—¡¿Qué le pasa, señor?!

Ender trató de volver a trazar la línea de la realidad, ametrallando a la chica del bikini a preguntas. Como si haciéndolas pudiera ir creando sucesos que enterraran su vergüenza en el pasado. Su embarazo de haber sido sorprendido así, en ese estado: doblado por el dolor.

—¿Quién es usted? ¿Por dónde vino? ¿De dónde salió? ¿Cómo entró?

La chica del bikini pensó en el recorrido que realizó para llegar hasta allí. En los saludos sensuales del malandro de la esquina estrenando pubertad. En la pandilla rondando perennemente la tienda de bicicletas. En que no se deambula por el barrio, mucho menos si eres mujer, y mientras más veces hagas la misma ruta más vas mejorando la seguridad personal porque con los días te vas haciendo familiar a los ojos que te vigilan sin que los veas: la viejecita temerosa, abuela de los guapetones; el policía retirado que ahora sin autoridad le toca compartir barrio a pura pistola; la roba maridos, siempre alerta a los cambios de poderes en el barrio porque así mismo cambia su suerte; el refugiado que para no ser visto no deja de vigilar. Era un largo recorrido desde su casa hasta la de Ender, aunque eran vecinos y casi compartían una pared. El barrio estaba tirado sobre el cerro como espinazo de pez, la espina dorsal formada por una gran escalera de cemento de dos vías, de la que salían numerosos brazos. Pasillos de casas que podían alejarse hasta cinco kilómetros de la columna vertebral. Gracias a su nuevo trabajo, con mayor sueldo y mejores oportunidades, ella se pudo mudar más cerca de la escalera principal. Sus caminatas se hicieron menos largas, los tropezones con baldes, poncheras, ladrillos mal puestos y juguetes abandonados menos frecuentes. Es verdad que existían pasadizos que conectaban verticalmente los pasillos. El requisito era conocerlos con anterioridad. Sobre todo a los dueños de las casas por las que se trepaban esos atajos. Te ladraban sus perros, te encontrabas con sus gallinas, y a veces, hasta podías ver hacia dentro de sus hogares. La chica del bikini optó por contestarle a Ender de la forma más simple: «La puerta estaba abierta».

—Ah… —contestó Ender—. Estuvieron unas señoras... ¿es usted...?

—No.

—¿No? —repitió Ender sorprendido por la cortedad.

—No —reiteró ella con tono de "no me escuchó bien."

—¿No qué? —se atrevió a preguntar Ender pero con mucha timidez.

—Yo no soy una de las virgencitas...

El acceso de risa de Ender cortó las palabras de ella. Ender se agarró la cabeza tratando de contener el dolor. Ella siguió hablando, pero el dolor lo había aislado del mundo exterior. Ender se encontró deseando poder levantarse del piso con sólo mover los brazos, para así subir muy alto, tan alto como uno de los cientos de satélites que dan vueltas a la Tierra y desde ahí poder divisar en qué lugar del mundo se hubiera podido meter Miranda.

—¿Se siente bien? —la escuchó decir.

—Sí, gracias, mejor.

—No se ve mejor.

—Estoy mejorando. Iré mejorando.

—Si pudiera abrir mi boca —oyó que dijo ella— tan grande tan grande como para que cupiera una coral completa, les pediría que cantaran su nombre, Miranda, tan alto y tan seguido como una sirena de alerta avisando a los trabajadores de un campo petrolero que se acabó el día.

—¿Perdón? No le entendí nada —le dijo Ender.

—Le decía —le contestó la chica del bikini pronunciando las palabras como si le estuviera hablando a un extranjero— que cuando llegué, estaba usted tirado en el piso, como dormido pero muy agitado, como si estuviera soñando con algo muy feo, como si tuviera una pesadilla.

—No.

—Yo también tengo pesadillas —le dijo la chica del bikini encargándose de la conversación— hay una que me persigue desde pequeña. Aparece cuando le apetece. Se va por años, y luego vuelve. Otras veces se repite un día tras otro. Como si fuera una película en el cine.

Ender estaba adormilado. Buscó sentarse en una de las sillas del comedor. La visita de aquella muchacha era como un grifo de agua goteándole en la cara. No lo refrescaba, ni lo volvía por completo a la realidad, pero le estaba ayudando a espantar el sopor. Ella

deambulaba por toda la sala como una gata adueñán-
dose del lugar. Inspeccionándolo todo con el índice
mientras quebraba la cintura a cada paso.

—¿Te cuento mi pesadilla? —le preguntó
ella—. Tiene diferentes versiones pero todas son iguales. Como cuando salen varias películas con el mismo
tema al mismo tiempo, ¿sabes? Mi papá nos persigue a
mamá y a mí. A veces por el desierto. Por un campo de
árboles de troncos delgados, todos con una cinta roja
amarrada. Unas veces terminamos corriendo y mamá
va pedaleando un triciclo. Otras veces papá trae una ca-
reta de cátcher de béisbol, o de árbitro porque va como
de negro o azul mari... —Ella se detuvo por un instante
con la sensación de haber encontrado lo que estuvo
buscando.

La casa, aunque habitada, era un hogar abandonado. El polvo llovía constante e imperceptiblemente,
aunque nadie lo notara, acumulándose con la implacable indiferencia del paso del tiempo. Ender la veía con
ojos de boxeador en su esquina, sentado entre *rounds* a
la espera de la campana. Una polilla navegaba en círculos en la superficie de un tarro lleno de agua vieja. La
chica del bikini estaba frente al lavaplatos y miraba in-
tensamente el hueco donde hacía unos momentos había
encontrado a Ender durmiendo como un niño desamparado. En el piso se veía tirada una frazada roja que el
tiempo forzó bajar de la cama, poniéndola de un rosado
triste. Y una pelota, hecha con calcetines que tal vez
fueron blancos pero que ahora eran color mugre. Por
debajo de la frazada asomó la cabeza una salamanquesa. La chica del bikini dio un gritito de susto.

—¿Tienes perro? —le preguntó ella, pero Ender no hizo otra cosa que sacar su mirada del infinito y enfocarla en ella—. Aquí hay un pote con agua, una camita, y hasta un juguete para morder. Tienes que tener un perro porque no creo que nadie más pueda usar ese rincón, ¿cierto?

—No es perro — contestó Ender ahogándose con su propia flema—. No es perro —repitió—. Es perra, y se fue.

—¿Se fue? ¿Por qué?

Ender se levantó de la silla. Tambaleándose se dirigió hacia la puerta que lo conducía al interior de la casa.

—No sé. Y se fue porque tenía hambre, digo yo. No sé —contestó Ender desde el rellano, y sin detenerse se dejó tragar por la oscuridad del interior de la casa.

SIETE

Ender tenía el estómago tan vacío que no tenía hambre. Se dirigió al armario de la ropa sin nada concreto en mente. Como para ocuparse en algo y nada más. Al abrir sus puertas con los brazos abiertos en cruz el olor de Miranda se le derramó encima como la polvareda de un edificio desmoronándose. Ender aspiró con todas sus fuerzas. Se le llenaron los pulmones de aire y los ojos de lágrimas. Contuvo la respiración para no cometer la osadía de rechazar la esencia de Miranda en un estornudo. La ola, llena de escombros diminutos, se expandió parsimoniosa por toda la estancia. Golpeó contra las paredes y se devolvió sorprendida de ver restringida su libertad recién estrenada. En su intento de escurrirse por cualquier apertura rebotó como arrepentida de los caminos que escogió para huir. Ya resignada a su nuevo contenedor, en acto de protesta, se esponjó todo lo que pudo hasta rellenar por completo todo el cuarto. Hasta que la habitación le quedó chiquita y Ender sólo fue un elemento sumergido en el fondo de una pecera. Ender permaneció extasiado un rato, sostenido de las puertas del armario hasta que la tormenta de olor se asentó. Después, cuando ya no pudo más, dejó salir el aire de sus pulmones en un diminuto soplido entre dientes. No se lo había confesado a él mismo aún, pero lo que realmente buscaba era "el vestido de los celos". Miranda no sabía que él lo llamaba así. Era verde con delgadísimas líneas azul marino. Sin mangas. El cuello era redondo, y el talle corto. Tan corto como la frecuencia de sus latidos cada vez que veía a Miranda enfundada en él. La recordaba vistiéndolo y surgían de nuevo en él los sentimientos en pares. Dobles sentimientos encontrados. Admiración y rechazo. Aceptación y denegación. Orgullo y vergüenza. Si sólo esos vestidos no se usasen en público, pensaba. Hubiera sido hermoso verla así andando por casa todo el tiempo. En cambio, en la calle era como si no fuesen juntos. Ella se separaba de él aunque fuesen tomados de la mano. Qué humillación sentirla tan gigantesca. Saberse tan enano. Y qué celos con cada hombre que notaba lo que él también notaba. Ender separó en dos la hilera de ganchos donde estaba colgada la ropa de Miranda. Lo hizo con violencia, como si estuviera tratando de sorprender al vestido de los celos agazapado tras alguna prenda inocente. Al tercer intento de hacer lo mismo, encontró un abrigo que le perforó el pecho con una nostalgia fría. Nunca se lo había visto puesto. Miranda lo compró en uno de sus imprevistos viajes de trabajo. Lo usó allá en la nieve, en un lugar llamado Bojaio, o algo así. Un abrigo pesado, lleno de bolsillos. Con su celosa auscultación encontró en uno de ellos el billete de diez dólares con el que podría llenar su estómago vacío, allá abajo, en la hamburguesería de Valmore Azuaje. Y con un retortijón de envidia triste, Ender cayó en cuenta de que, a su edad, aún no conocía la nieve.

Camino al restaurante de Valmore, Ender se quedó viendo, embelesado, los movimientos mágicos de una hoja danzarina. Estaba tirada en la calle muy cerca de la acera y los carros la sobresaltaban con su andar de prisa. Lo curioso era que la hoja solitaria saltaba en su propio sitio, bailaba como la llama perpetua de un monumento al soldado desconocido, sólo que al son que le tocaba el tráfico. Aquella era la época seca del año, aunque de vez en cuando alguna nube loca se deprimía y se desparramaba a llorar un rato. Pero era un llanto tan desamparado que ni los meteorólogos se detenían a contabilizarlo. Era la temporada en que el follaje verde de los cerros de la ciudad era quemado por una ráfaga de marrones para luego ser inundados por una marea roja que los pondría amarillentos hasta que se secaran. Y como si los hubieran preparado para cualquier colilla de cigarrillo, chispa eléctrica o fuego fatuo, venía una llamarada y la imponente cordillera se transformaba en un montón de cerros calvos que en lugar de envidia daban lástima.

No fue hasta que Ender se acercó a la hoja danzarina que entendió que no se trataba de una hoja, sino del ala de un pájaro muerto. El ave tal vez en un vuelo enamorado chocó contra un automóvil. O quizá se engolosinó con una papa frita, crujiente, doradita, y no reparó en lo cerca que estaba de la corriente de carros.

O a lo mejor se cayó de su nido cuando sus alas ya estaban formadas pero todavía no le servían para volar. El ala estaba aún enganchada a los restos de lo que alguna vez fue el cuerpo al que perteneció. Sólo que la descomposición había hecho de ese cuerpo un objeto unidimensional que no llegaba a levantar del piso más del grosor de una estampilla, en el que apenas podía distinguirse lo que fue en vida. Ender seguía hipnotizado por el funcionamiento de relojería del ala muerta que bailaba con gracia al recibir cada ráfaga artificial que le lanzaban las gigantes ruedas de goma que pasaban junto a ella. Los diminutos huesos que la conformaban eran tan delgados y menudos que en lugar de quebrarse bajo las patotas elefantiásicas de los mastodontes de metal, se flexionaban para soportar el peso con su humildad y así lograban salir intactos. Tan bien hilados estaban los unos a los otros que no existía fuerza en el mundo que pudiera separarlos. Y tan sin vida, que en conjunto parecía el diseño de un aparato salido de la rabiosa imaginación de Leonardo Da Vinci.

Los Beatles venían percolándose sobre la árida atención de Ender. Humedeciéndola. Mojándola. Calándola. Hasta que una marea de miedo efervescente le subió a la garganta.

—¿Dónde estás, Miranda?

Come together now comenzó a ahogarlo. Ender cayó de rodillas. Quedó huérfano por primera vez desde que murieron sus padres. Todos los días de su infancia se le agolparon en el pecho. Los raspones en las rodillas. Las cometas que reventaron cabos. Los amigos perdidos. Los amigos muertos. Los amigos peleados. Los amigos olvidados. Los cinturones anchos.

Las melenas descuidadas. Los grandes dijes con el símbolo de la paz. Los sueños de que fuéramos todos iguales y felices. *Come together now* se volvió un desgarrador coro de gritos dentro de su cabeza. Ender se dejó caer de rodillas con el estómago en llamas por el vacío de tantas horas sin comer. Todo a su alrededor bajó de ritmo. Los costados llenos de brillo de los carros le pasaban muy cerca. En las llantas enormes Ender podía leer los nombres de sus fabricantes. Y cada tanto, su amiguito muerto agitaba su única ala como para saludarlo. Una niña pasó a su lado sobre la acera, y Ender se le quedó mirando. Esa chiquita llevaba en los ojos una determinación milenaria que él encontró antes en otra cara. Esa templada curiosidad de quien conoce al mundo por segunda vez. Esa niña llevaba como suyos los ojos infinitos de Miranda. La madre de la niña la tiraba del bracito con urgencia, pero sin decisión, para evitar agregarle más interés a aquel sujeto en problemas, para no dejar crecer su necesidad de involucrarse. La niña se soltó del amarre de su madre y vino junto a él. La madre la llamaba por su nombre pero la niña no le atendía. Así, de rodillas, la niña y él, eran del mismo tamaño. «¡Miranda, Miranda!», repetía la madre tratando de detenerla. Ender sintió su aliento a caramelo rojo cuando le ordenó en su cara con la bondad de hada madrina: «Levántate». El trazo de un claxon chillando su urgencia pasó tan cerca de Ender que lo sacó de su enfermo trance. Ender no pudo hacer otra cosa que obedecer hipnotizado la devastadora autoridad en la voz de la niña Miranda. Se levantó sobre sus pies y con las manos se sacudió el polvo de las rodillas. Como si se tratara de la actriz de un drama etéreo, la niña dio dos pasos, dejó el proscenio de la calle y entró a la hamburguesería.

Allá arriba, donde la curvatura de la calle se volvía horizonte, un perro parecía estar llamando a Ender con su ladrido. Dos ladridos y una pausa. Como si estuviera diciendo su nombre: «En-der. En-der». Aquella era su perra, sin duda. A ella le encantaba fugarse para ocupar la cabeza de quienes la quisieran. Hacerse desear es sentirse querida. Y lo peor que cualquiera podía hacer era patinar en ese piso resbaladizo, pues no recuperaría la paz aunque la rabia le pulsara en las venas. Lo que ella buscaba con aquellas escapadas era un rato de libertad. Lo que más disfrutaba era encontrarse con algún perro en el sopor de su patio, a esos los atormentaba desde el otro lado de la reja con sus ladridos burlones. Una y otra vez. Ladraba y ladraba. De vuelta y de nuevo. Latido y latido. Hasta que el otro se enganchaba a ladrarle la cólera de no ser más que un perro, preso de las comodidades de la vida doméstica. Vida de perro. Un par de días después, a veces hasta tres, sedienta, con hambre, aburrida de andar sola por ahí por esos mundos, ella misma se dejaba encontrar por sus dueños. O Miranda o Ender. Pero esta vez ya habían pasado más de dos días. La perra lo llamó por su nombre una vez más. «En-der. En-der». La figura de la perra se recortaba negra al borde del horizonte contra el cielo blanquecino. Si se levantaba en dos patas aquella sería la presentación de *El Zorro* televisado de su infancia. Cuando la perra cruzó la esquina, Ender también abandonó el proscenio y entró a la hamburguesería.

—¿Quién es esa niña? —preguntó Ender simulando descuido a Valmore Azuaje el hamburguesero.

—La hija de esa mujer —fue la respuesta cargada de intención.

—¿Y quién es esa mujer? —preguntó Ender para hacerle creer que estaba dispuesto a dejarse llevar.

—No sé. Viene todos los días.

—Nadie puede venir todos los días.

—No compra nada.

—¿Y tú la dejas? —fue la respuesta marinada en ironía de Ender.

—Trae la niña a los juegos.

—Todos los padres traen los niños a los juegos.

—Antes venía con el esposo…

—¿Es casada?

—…o el novio: el padre de la niña.

—Y comían.

—Los tres.

—Dame una hamburguesa con queso —le dijo Ender al hamburguesero Valmore Azuaje, pasándole el billete de diez dólares como si fuese la moneda nacional corriente.

—¿Dólares?

—Y no te puedes quedar con el cambio.

—No sé si tengo tanto cambio.

—Mmm, cóbrate lo que te debo, dame el cambio que puedas y el resto lo dejas en depósito.

—¿Vuelta y vuelta?

—Que haga "muuu".

La niña Miranda vio entrar a Ender. Lo siguió con la mirada hasta que él se le volvió un adulto normal al ponerse a hablar con el tendero, y, decepcionada, regresó con su madre a sus juegos de amor indiferente.

Algunas veces su madre le compraba una orden de papas fritas al tendero, pero hoy no fue el caso. Hoy le trajo unas gomitas que ella misma hizo en casa con gelatina roja y azúcar espolvoreada. Siguiendo los requerimientos del techado parque infantil, la niña Miranda se quitó los zapatos y los colocó en la colmena de colores diseñada con ese propósito. Ella, como siempre, esperó sin impacientarse hasta que su mami se perdiera bien profunda dentro de una conversación telefónica para entonces subir y encerrarse en el más inaccesible de los lugares en los juegos y fingir que nunca más volvería a salir de allí. Pero tanto ella como su mami sabían que el intermitente exilio voluntario llegaba a término cada vez que se le agotaba el puñito de gomitas que le cabía en la mano. Por eso mami la urgía a salir de los juegos con grandes gestos de falsa angustia y sin quitarle atención a su móvil. *¿En qué momento dejan de ser representación estos juegos entre las madres y sus hijos? ¿Cómo saben las madres que ya en la cabeza de su cría la imaginación ha comenzado a mezclarse con la realidad? Puede que mami sólo se aburra y comience a llamar verdad al juego, para poder reprimirlo. ¿Y cómo sabe el retoño cuándo deja de tener el poder y debe dejar de empujar hacia el límite? ¿Y cómo distingue cuándo la farsa está tocando el campo de la reprimenda y es tiempo de replegarse porque ya se ha ganado un abrazo y otra ronda de dulces?*, pensó Ender.

—Déjalas. No te metas —le dijo el amigo tendero cuando vio a Ender más pendiente del drama que de su hamburguesa—. Siempre lo hacen. En un momento la chica baja de ahí, y todos contentos

—Sí, me imagino —le contestó sin convicción—. En todo caso, mami se podrá meter a buscarla.

—No, esos juegos no aguantan a un adulto. Si ella entra, pudiera derrumbarse todo.

—En los juegos de las hamburgueserías gringas no pasa eso.

—Esta no es una hamburguesería gringa.

La niña Miranda permanecía asomada en la claraboya del cubo que coronaba el parque de plástico. De allí salían cuatro túneles herméticos, cuatro tentáculos de un colorido pulpo donde sólo cabían niños menores de cinco años. Desde ahí, la niña adivinaba con maquiavélica certeza el sabor del último sorbo que su madre había tomado de su cóctel de emociones. La niña sabía que sólo saldría cuando pasara de rabia amarga a preocupación dulce. Por su parte, mami, a falta de más gomitas, luego de cerrar la llamada, sacó de su cartera una caja de chicles y se la mostró a la niña. Unos momentos más tarde, ya en los brazos agradecidos de su madre, a Ender se le hizo el pecho un reguero de frío cuando la niña Miranda le mostró su lado oscuro, al cambiar su rostro triste por una sonrisa traviesa que lo hacía cómplice de su mala sangre.

—Te lo dije —murmuró el hamburguesero Valmore Azuaje.

—Me lo dijiste, lo vi con mis propios ojos, y no puedo creerlo.

Por eso, un rato más tarde, cuando la sombría escena volvía a ensayarse desde el principio como si nunca hubiera ocurrido antes, Ender fue un espectador de palo de los gestos teatrales de la madre pasando del llanto verdadero a los gritos desesperados a la voz dulce de niña buena a los insultos más soeces, mientras la niña Miranda sólo repetía el mismo pedido, único salvoconducto que pondría fin a su autosecuestro, el mismo que recitó tantas veces antes, y que siempre terminaba en el final feliz de un delicioso dulce deshaciéndose en su boca: «Yo quiero a mi papá, yo quiero que mi papá venga, ¿por qué no viene mi papá?, por tu culpa, no me quiere, no te quiere».

Ender no se animó a intervenir hasta que mami vino al mostrador con los ojos bañados en pánico. Mami no le habló a él, fue directo a su amigo el tendero. La niña Miranda seguía viendo todo con ojos delincuentes desde su claraboya. Ender cruzó la puerta pasando del interior de la hamburguesería a la sala de juegos. La niña lo recompensó con una sentida sonrisa de Miranda. Ender le contestó la sonrisa con una mueca sin ganas y, para disimularla, la invitó con grandes gestos a bajar. La niña, negó con la cabeza, dejándole saber que estaba a cargo, rebosante de humor travieso. Al dar un paso en su dirección, Ender tropezó con el borde de la piscina de pelotas de plástico. Para recobrar el equilibrio tuvo que sumergir sus pies bajo las bolas de colores. La niña rio con inocencia divertida. Ender, entonces, se dejó ser el payaso de la niña, se quitó los zapatos bañado de las risas de la chiquilla, se sacó la camiseta quedando desnudo de la cintura para arriba y simuló un clavado perfecto hasta el fondo de la piscina de pelotas. La niña bajó como un rayo olvidándose del por qué estaba jugando a la inalcanzable, y al llegar a la orilla de la alberca le gritó a su madre que viniera a presenciar lo que ella estaba viendo de cerca. Señalando los bien dibujados abdominales de Ender le dijo con asombro: «Mira mami, es Superhéroe, ¡es Superhéroe!».

OCHO

Una lluvia tenue como talco llenaba los hundidos del macadán, haciendo tiritar los planes de última hora de toda la población, transformando en resbaladeros los pisos de los portales y convirtiendo el tránsito de autos en largos collares llenos de nudos irresolubles. ¿A dónde van los pájaros cuando llueve?

Ender no lo sabía, pero su perra lo observaba desde la entrada al metro del otro lado de la calle. Ansiosa, se sentaba, se levantaba, miraba a los lados y volvía a verlo a él. El río de gente que iba a buscar refugio al metro formó una isla a su alrededor. Algún valiente ocasional le tiraba la mano como para acariciarle la cabeza. Había quien lograba hacer que se metiera el rabo entre las patas, y hubo otros que hasta la hicieron brincar. Y ella no se iba. Ender la mantenía interesada y, al mismo tiempo, ella aún no estaba lo suficientemente aburrida de andar en la calle como para entregarse. Pero encontraba algo definitivo en la actitud de Ender que no la dejaba alejarse.

Ender iba empapado de una sensación de esperanza que contrastaba con la tarde. La luz del sol resplandecía débil, tamizada por una cortina azul de nubes que al deshacerse contra el piso le regalaban a la tarde un color de cuento infantil. Los chóferes limpiaban el aliento del interior de sus parabrisas con equívocos saludos que los pasajeros de otros coches dudaban en contestar. Una capa de humo cubría la calle hirviendo. Los vendedores ambulantes recogieron su mercancía del piso y se pusieron a cubierto con ella bajo el brazo. Aún a esa distancia, la perra percibía el aroma a ausencia que separaba a Ender de los demás. El vendedor de frutas, resignado, cubrió la mercancía con un gran plástico azul. Ella percibía que era en ese estado de ánimo cuando era delicioso estar con Ender, jugar con él, buscarle sus palos falsamente perdidos, atajarle sus discos para luego rehusarse a abrir la boca cuando él quería quitárselo para volverlo a lanzar. Al final ella cedía y se lo devolvía, tal vez por su risa nerviosa, tal vez porque se dejaba emborrachar por el olor de sus cambios de humor. Sin importar por qué, ella dejaba ir el disco fingiendo que era a regañadientes, y corría tratando de adivinar el destino final del nuevo lanzamiento.

Un pelotón de cuatro soldados en uniforme de faena cruzó ajeno a todo, con rumbo fijo hacia un destino que ellos mismos no conocían. Ender, invadido por las maripositas de la travesura, quiso rendirse al repentino deseo de quitarse los zapatos y sentir el frío del piso en los pies desnudos. La tienda de discos cerró sus puertas para evitar ser invadida por los transeúntes con los zapatos mojados, pero sus altavoces exteriores continuaban impertérritos el llanto inconsolable de sus boleros. La perra, al ver a Ender sentarse en el piso, quiso echarse a la calle, cruzar en dos zancadas el tráfico indetenible para tirársele encima, y lamerlo y relamerlo hasta que Ender le gritara con ese enojo bonito con que le ladraba cuando se hartaba de ser ensopado con su saliva fría. Ender se levantó, y con los zapatos en la mano comenzó a saltar los cuadros de cemento de la acera. Le pareció imperativo no tocar las rayas que los unían o una grieta se rasgaría violenta y abriría el globo terráqueo en dos llevándose a todos a las llamas eternas del magma central. El carnicero atiborrado de tedio decidió descolgar la carne a la intemperie. La perra chilló de miedo y volvió a la acera, aterrada por el bocinazo de un Cadillac destartalado. La calle olía a orines, a basura mojada, a humo de automóviles acezando aceite quemado. Los pasos descalzos de Ender sobre las baldosas del metro iban dejando huellas de humedad que de inmediato se retraían hasta desaparecer.

Como a todo el que se preparaba a entrar al metro, una corriente de responsabilidad le devolvió la adultez. Tan desordenada era la calle como ordenado era aquel subterráneo. La gente cambiaba con sólo pasar el umbral. Ender dejó de saltar y se sentó a ponerse los zapatos. Las baldosas eran más pequeñas que sus pies, así que no tenía sentido seguir tratando de salvar al mundo.

La corriente imparable de transeúntes que bajaba hacia el interior de la estación lo rodeó en una isla artificial donde él mismo era náufrago de su soledad. La llovizna creció a gotas tan grandes y pesadas que la isla de Ender se redujo, hasta obligarlo a saltar de ella justo antes de desaparecer o morir pisoteado. Se hizo a un lado y desde la orilla del río de gente se asomó asombrado al cambio de ritmo de vida de la calle. Los transeúntes se habían detenido un instante a ver el cielo, como tratando de calcular qué tan rápido tendrían que caminar, o si tendrían que correr para llegar a algún lugar bajo techo donde resguardarse. Algunos salieron corriendo, otros trataron de esconder sus cabezas bajos los cortos cuellos de sus camisas, hubo quienes sólo humillaron los hombros, otros maldijeron a las nubes con gestos despectivos que tenían la ulterior intención inútil de espantarlas. Los paraguas de los más precavidos comenzaron a florecer por todos lados. Los paraguas femeninos llamaban la atención con sus rojos escarlatas, sus amarillos encendidos y rosados húmedos. Más tarde abrieron los paraguas negros, más conservadores, masculinos, más neutros o tal vez más cómodos, y, por eso, más populares. Quedaban en minoría los paraguas de diseños con flores, los de hojas de plantas selváticas, o los brillantes con grandes soles "à la" Van Gogh, que, sin saberlo, se denunciaban a ellos mismos como sombrillas tratando de pasar por paraguas.

Un ciego, ensordecido por el furioso rumor del aguacero, hacía brincar su cabeza a uno y otro lado para tratar de decidir el rumbo que debía tomar. Ender lo observaba extasiado, viéndole blandir insistente el largo bastón blanco contra las ancas inamovibles del testarudo piso. Un instante antes, la perra estuvo en ese mismo lugar sin que Ender se diera cuenta nunca. Guiado por la misma fuerza que lo llevó hasta allí, el ciego dejó de buscar señales y se lanzó decidido rumbo a la calle. El desnivel de la acera que su bastón leyó le salvó de golpearse contra la carcasa de un automóvil que, resignado, se tumbó perezoso junto al resto a esperar que amainara. El ciego, vestido como si sus prendas las hubiese escogido su hijo adolescente, se dio vuelta dibujando un semicírculo con su bastón y caminó a buscar un techo que lo refugiara. Ender tuvo la intención de ir en su ayuda cuando el ciego se encontró contra la pared desnuda de techo y ningún signo de que el insolente chaparrón bajara su rabia. El ciego caminó paralelo a la pared, sobándola con el lado izquierdo de su cuerpo, y fue ahí cuando Ender se dio cuenta de que el ciego iba fumando. El techo más cercano estaba abarrotado de refugiados, ninguno con intención de ceder su pequeño espacio. El cigarrillo que llevaba en la boca no era más que una colilla mojada. Acostumbrado a robarse los favores, se hizo un espacio a la fuerza. Del otro lado del paquete, una persona se quedó sin cobijo y tuvo que correr a la estación bajo el baño de agua fría. Tan pronto estuvo bajo techo, el ciego se hizo de un mayor espacio al encender otro cigarrillo. Ender se asomó al cielo para dejarse lavar la cara por la lluvia pero había arreciado tanto que ya no le dejaba abrir los ojos y lo empapó de una urgencia de resguardo. Con los goterones doliéndole en el cráneo, Ender apuró el paso.

Al entrar al metro los paraguas se iban cerrando como adormideras. Ender se detuvo al escuchar su nombre entre el hervidero de gente. Él era una figura más entre la multitud. El metro, donde ahora miraba a uno y otro lado, había llegado desde lejos hacía ochenta y cuatro meses, tres semanas y dos días, embalado en cinco mil doscientas ochenta y tres cajas de madera, y todavía estaba como nuevo. Los políticos de los dos partidos que se intercambiaban el Gobierno, por una vez se sentaron juntos, con el único propósito de ensamblarlo atentos a las instrucciones en francés del fabricante. En pocos meses ya tenían machihembrada una tarántula gigantesca que se dejaba recorrer por dentro y seguía creciendo como hierba mala en todas direcciones sin otra razón que crecer. De la garganta de la inmensa boca de la entrada de la estación subían y bajaban dos escaleras mecánicas, indiferentes de si llevaban a alguien sobre la picuda cresta metálica de sus orugas interminables. Al centro, como resguardadas por aquellas, estaban las escaleras fijas. Era una opción para quienes le temían a las que se mueven con vida propia. Ender, abordó la escalera mecánica y se dejó tragar lentamente por la estación. Olas de temblores le recorrían los músculos por el aliento constante del aire acondicionado soplando sobre su ropa empapada de lluvia. Ender se volteó con el gesto rotundo de quien oye que alguien grita su nombre. Ninguno de los pasajeros de su escalera dio muestra de haber querido hablarle. Ni quienes llevaban aún el gesto de diversión embarazada que les dibuja la lluvia cuando los sorprende. Ni los que resignados subían al cadalso de la tormenta de agua. Ni los entusiastas trepadores de las escaleras inmóviles. Ender simuló leer los titulares que exhibían los periódicos en un hermoso kiosco empotrado en la pared. Los miró con la vista desenfocada sólo para evadir los ojos de los demás y aguzar el oído, pues estaba seguro que ese alguien que lo llamó, insistiría. Se puso a buscar en cada rostro de mujer las facciones conocidas de su amada, con la insensata certidumbre de que hallaría a su Miranda aunque fuera por azar. Llegó al pie de la escalera y se volteó a ver si encontraba a quien lo buscaba con tanta insistencia. La voz volvió a llamarlo, así que Ender decidió subir por la otra escalera mecánica. Fue sorteando a los pasajeros que cómodamente esperaban a que esos peldaños los llevaran a la superficie. Volteaba a verles las caras, uno a uno. Pasaba de un rostro a otro buscando una pista, cada vez con mayor urgencia. Al llegar a la parte alta de la escalera escuchó que lo llamaban desde allá abajo. Bajó de dos en dos los escalones de las escaleras fijas. Los que bajaban sonreían, los que subían se le quedaban mirando extrañados. Bajó la mirada al piso al ver que logró poner en alerta a todos. Ender entendía que del anonimato depende la supervivencia en las grandes ciudades. Bajó los hombros y se movió con el andar furtivo de la presa más vulnerable de la manada. Avanzó sin detenerse, con resolución, tropezando con todos en su camino, imitando la energía áspera propia de los hombres de anchos hombros con esófagos llenos de bilis. Con sonrisa hipócrita siguió en dirección al *lobby*. «¡Ender!». Escuchó de nuevo su nombre en un grito claro y bien pronunciado. Se detuvo y se dio vuelta con la voluntad incólume de no dejar escapar al esquivo dueño de la hostigadora voz. Pasaba de un rostro a otro con la esperanza de conseguirle, pero sólo encontraba irritación en su contra. Para ellos, él no era más que el individuo que había osado entorpecer el libre flujo de su avance en línea recta.

Ender respetaba la raya amarilla como todo usuario del metro. En superficie cualquiera se podía perdonar el saltarse un alto, cruzarse un semáforo en rojo "casi amarillo"; el estacionarse en cualquier parte sin sufrir inflexión alguna en el plexo moral; pero jamás el cruzarse la vistosa línea de seguridad de color amarillo-naranja del metro. Al sentir el ventarrón del tren soplando, toda la estación se formó al borde de la línea a esperar los pitiditos de salida. Los asiduos conocían el lugar exacto donde quedarían las puertas y ahí se amontonaron. «¡Ender!», escuchó su nombre otra vez volando sobre la alharaca de carnaval del moderno ferrocarril que así anunciaba su propio arribo. En el otro extremo del andén, donde la raya amarilla se vuelve escalerilla, dos hombres hablaban con la policía de seguridad y lo señalaban a él entre frase y frase. El tren dio un resoplido hidráulico al detenerse por completo y abrir su hilera de puertas. El policía caminó con urgencia en dirección a Ender y muy pronto aceleró el paso más y más. Ender no se enteraba de nada. El policía ya iba en franca carrera. Ender se levantaba en la punta de sus pies, como apurando a la gente a entrar. El policía corría sosteniendo sus aperos en posición de jinete sobre su caballo. La falta de aliento le hizo bajar el paso al máximo trote que toleraba el ardor en sus pulmones. El tren, siempre apresurado, anunció su intención de irse con tres largos pitidos. El policía señaló con el dedo a Ender y éste vio en su mirada una violencia insolente, y quizá por eso optó por desafiarlo saltando al vagón con apremio. Las puertas se abrieron de nuevo pero el policía estaba sin aire y tuvo que entrar al vagón más cercano. El enfrentamiento quedó pospuesto hasta la próxima estación.

Con la aprehensión de un niño cogido en falta, Ender se forzaba a sí mismo a mirar al frente, mientras una inquietud traviesa lo dejaba rígido como estatua barata. La mirada se le hizo de pescado de tanto dejarla colgada en ninguna parte, mientras intentaba imaginarse lo que pudiera estar pasando a sus espaldas. Los segundos que tardaron las puertas en cerrarse se le hicieron a Ender horas de calma tensa como las tardes de los sábados después de los tiroteos entre los machos del barrio. Ese reguero de casas que brotaron en los cerros alrededor de la ciudad. Hasta allá los arrastró su padre cuando cayó de las alturas. Por fin, el tren se decidió a abandonar sus dudas y el andén comenzó a quedarse atrás. El mundo salió de su momentánea parálisis. Las columnas traseras trataban sin éxito de esconderse detrás de las delanteras. La vida siguió su curso. Ender se mimetizó en el ansia miserable de todos los demás. Parecía haber recuperado su natural habilidad de camaleón humano. Sin embargo, el policía seguía de cerca a Ender. Asomado a la ventana de su vagón hacía óvalos efímeros con el intermitente aliento que salía de sus fosas de toro cansado.

A espaldas de Ender, la gente se levantaba de sus asientos y se hacía a los lados abrasados por el fogón de la mirada de autoridad ofendida del policía. Pero, en su ignorancia, Ender se sentía seguro. La bóveda de vacío creada por el acero inoxidable, el cemento limpio y los pisos de goma negra creaban un ambiente de sosiego sin igual. Bastaba con que la voz de Dios a través de los parlantes impartiera directrices para devolver al ocasional infractor a la senda de las buenas costumbres. Para Ender, observar a las personas seguir las reglas básicas del convivir le resultaba fascinante. Predecía, con la sonrisa de certidumbre de un titiritero, lo que haría la señora con el envoltorio del chicle que se acaba de llevar a la boca. Presenciaba al detalle la escena repetida una y otra vez del caballero que se levantaba de su asiento para cederlo a la persona mayor que entraba al vagón luego de que los asientos se habían agotado. Increíble.

La paz de una pareja de viejecitos le robó toda la atención. Iban sentados con el mismo relajado descanso con que se echan los gatos. Colocados así, uno a la par del otro, sus rostros en reposo parecían una repetición. Un chiste contado por un tartamudo. El viejecito pestañeó largamente y la viejecita lo vio sin mover la cabeza. Él abrió los ojos muy grandes para avivar la llama de la conciencia que enseguida se extinguió. Cuando el siguiente parpadeo se le hizo a la doña exageradamente largo, se volteó a mirarlo con una sonrisa de ternura. El don se sobresaltó cuando ella posó su mano sobre la suya. Ender les quitó la vista cuando el viejo le reclamó a su vieja con una mirada. Una mirada tan cargada que más pareció el empujón de un ofendido. El vagón del tren trastabilló al salirse de la línea recta en la que venía, y las ventanas de los dos vagones se desalinearon por menos de un segundo. Ender vio a un niño rumbo a la escuela de la mano de su madre. También vio a las chiquillas rumbo al centro comercial para dejarse ver por otras chiquillas tan nuevas como ellas en eso de ser observadas. Al ejecutivo refugiado en la muchedumbre en su hora de almuerzo para recargarse y volver a la dolorosa faena de la tarde. Y a una mujer con el rostro de ansia melancólica de su Miranda.

Su propio vagón bamboleó inseguro al montarse en el riel de la curva y Miranda se perdió en el entrecruzado de la gente. El conductor dio un anuncio a través de los altavoces al que Ender no pudo prestar atención. En cambio, se movió apremiado hacia el frente del vagón. Algo dentro de él le decía que no era posible que ella anduviera por ahí tan campante sin haberle llamado para contarle por qué no pudo llegar a la casa aún. El conductor repitió su mensaje, y esta vez Ender lo escuchó claramente mientras escrutaba el vagón del frente. Los pasajeros debían mantenerse en sus puestos al llegar a la siguiente estación mientras se llevaba a cabo una inspección. Si aquel hubiera sido un comunicado del Gobierno en la superficie los ciudadanos muy probablemente no hubieran acatado la orden impartida. Pero al tratarse de la nación independiente del metro de la ciudad, nadie se movió de su puesto. Ender supo reconocerla como su mejor oportunidad de llegar hasta Miranda.

Ya en el andén de la siguiente estación los aguardaban tantos policías del metro como puertas tenía el tren. Al llegar, los pasajeros se mecieron al unísono, como algas golpeadas por una misma corriente, pero nadie se movió por voluntad propia. Excepto Ender, quien como ratón despavorido trató de escabullirse; pero el policía en su puerta lo detuvo con la mano abierta en el pecho. Sin embargo, no siendo una situación inusual, bastó con que Ender le dijera con los ojos llenos de sinceridad: «Mi mujer está en el vagón de adelante» para que lo dejara salir. Enseguida el policía se distrajo deteniendo al siguiente pasajero que al parecer venía contagiado de la claustrofobia de Ender.

Sin quitarle la vista a la coronilla de Miranda, Ender se escurrió por la puerta del siguiente vagón y le repetía en silencio: «Voltea, mírame, voltea, voltea, soy yo, voltea». Y como si hubiera podido escuchar los gritos de su pensamiento, Miranda volteó a verlo cuando la tenía a diez pasos, a seis pasajeros por sortear, a cuatro latidos de su corazón en vilo. Nadie en el vagón se movía. Todos en el tren esperaban pacientes a que la voz del conductor los liberara. El único que no estaba acatando la directriz de inmovilidad era Ender. Al verla así, de frente, se dio cuenta de que la había confundido. Así como dos hojas de una misma planta son iguales y no se parecen, así se le presentó aquella Miranda que no era su Miranda. Ender le sonrió empantanado como si tuviera que pedirle disculpas. Ella le contestó la sonrisa como si hubiera entendido todo. Él tuvo la intención de ir hasta ella. De hablarle de su Miranda. De contarle lo que le estaba pasando con la secreta intención de que ella, en su parecido, pudiese darle una pista de su destino. Pero la Miranda falsa simplemente se volteó a seguir con su vida, sin detenerse ni un momento a pensar en él. En una súbita ráfaga de conciencia de sí mismo volteó a uno y otro lado para corroborar que nadie se hubiera percatado de su equivocación. No quería sentir su ridículo reflejado en la mirada sarcástica de otro. Ender se sintió afortunado al creer que nadie se percató.

A todos en el tren les dio un vuelco el corazón cuando todas las puertas se cerraron de súbito. Los policías guardianes de cada puerta dieron un salto atrás para luego mirarse entre sí como buscando una respuesta. El tren rodó un par de metros hacia adelante y con un resoplido resignado se detuvo y se echó a esperar sin abrir las puertas. Los obedientes pasajeros tomaron la ruptura de la rutina como licencia para el ejercicio del libre albedrío, y apresurados se movieron hacia las puertas y algunos hasta comenzaron a golpearlas como pidiendo ser liberados. Los policías retrocedieron aún más. El tren abrió entonces sus puertas, y como en una explosión, evacuó toda su angustiada carga. Los vagones quedaron bamboleando sobre sus rieles mientras la estación se llenó de un inusual desorden de pasos sin rumbo y voces entrechocándose.

El metro entero desprendía olor a nuevo. A linóleo recién puesto. A televisor recién comprado. Ender volteó con la certeza de una premonición y la vio venir a ella, a Miranda, su Miranda, esa Miranda exuberante con la determinación heredada de los conquistadores, con la resolución aplastante de quienes están al mando. Como en la búsqueda de una prueba de que aquello no era un desbarajuste de su imaginación, Ender, ante el vértigo desolador de la aparición, se escuchó a sí mismo decir muy por lo bajo el nombre de su mujer. Miranda, con su cuerpo de suave inspiración en las estatuillas de maternidad precolombinas, se hacía inarmónica al correr. Su cuerpo en emergencia se inclinaba hacia delante, y sus brazos buscaban el equilibrio como el pescador recién llegado de alta mar busca el interruptor de la luz al entrar a su oscura casucha en la playa. Ender trataba de usar toda la fuerza de su pensamiento para detenerla, porque se le atragantaba una lástima linda en la garganta al ver hacia donde cambiaba la deseable morbidez de su cuerpo en reposo al dar esos pasos urgentes de lechón tierno. Pero su improbable nueva Miranda iba enfundada en un uniforme de policía del metro. Lucía el rostro de la justicia. Ya así, de cerca, ella perdió esa gracia de pequeño elefante con la que venía hacia a él a todo lo que le daban las piernas. Los pasajeros que ya habían repoblado la estación se alejaron brevemente, como gallinazos hambrientos que fingen timidez, al escuchar el gruñido despectivo de la policía: «Suidadano, acuéstese sobre el pecho con las manos en la espalda». Ahora Ender la vio gordita y quiso comprobar que estaba equivocado. «¿Miranda?». La mujer policía repitió la orden con implacable indiferencia y sin darle pista de haberlo reconocido. El tren llegó por su carga, y anunció su partida con los sempiternos tres pitidos de horno de microondas hastiado de llamar a comer. Y salió con los pasajeros pegados a los vidrios, sonriendo orgullosos de haber sido cómplices de las noticias de las diez. En el alboroto dejó una estela de silencio que fue sedimentando poco a poco en la estación.

Resuelto a disipar las inquietudes con las que su nueva Miranda lo tenía maniatado, Ender se incorporó en ágil movimiento para quedar de rodillas frente a la sorprendida mujer policía. En un farolazo de conciencia, Ender se vio a sí mismo desde lejos, y con el alma sonreída se transportó a los días en que, en esa misma posición, por pura rebeldía levantaba la vista para ver la hostia que levantaba el cura ante la humillada feligresía. «Baja la cabeza que es el cuerpo de Cristo», le decía su amigo monaguillo cuando le pillaba. Ender, mirando hacia otro lado, dejó salir otro suplicante «Miranda» y la policía atenta por la maniobra de gato de

Ender, volteó a buscar el origen de los tacones de señorita que rebotaban en el aluminio de las paredes de la estación vacía.

—¡Deténgase suidadana! —ladró a la vecina de Ender, a la chica del bikini, quien, sin amilanarse y desde las alturas bien vestidas del poder que le daba la belleza, le contestó como si siguiera una conversación interrumpida:

—Es que él viene conmigo.

La mujer policía, acostumbrada a leer las verdades en las apariencias, confundió su ligero vestido de verano y el uso de los anteojos oscuros como diadema con falta de malicia, y la mandó a callar como a la alumna entremetida que siempre quiere contestar aunque no le hayan preguntado.

—¡Este sujeto puede ser peligroso! —Y con las mismas empujó a Ender, quien cayó de bruces, y, luego de ponerle una rodilla en la espalda, procedió a atarlo, pero no con esposas normales, que hubiera sido algo más civilizado, sino con cintas de plástico que más parecían para cerrar bolsas de basura.

Desdoblado por lo absurdo de la situación en la que estaba envuelto, Ender siguió viendo todo desde la distancia, y al saberse el becerro de un improvisado rodeo con el vaquero encima haciéndole las patas un nudo, no pudo más que reírse. La chica del bikini, hipnotizada por los movimientos de mago experto de la mujer policía, siguió en su atrevimiento y le insistió:

—Tiene que ser un error.

Y la policía, espoleada por la diáfana persistencia de la niña bonita, se levantó de la espalda de Ender a ponerla en su sitio con toda la imponencia de su cuerpo engrandecido por la grasa:

—Yo no tengo que estar dán... —Y fascinada en la familiaridad de aquel rostro se quedó a mitad de oración. No podía ubicar aquellas facciones pero la mujer policía estaba viendo en el rostro de la chica del bikini la confianza de sangre, el respeto trascendente, la amistad infantil con la que se veían ella y su santa madre—. ¿Usted es de la televisión? —le dijo con la misma suavidad con que su hermana quería a las golondrinas, con la misma bondad incondicional con que su tía recibía a los pordioseros hediondos en la sala de su casa, con la misma solidaridad entrañable con que su abuelo les hablaba a las bestias. La chica del bikini recuperó la altura que había perdido, y con la gallardía del poder en sus manos no le contestó la sincera pregunta. En cambio, emitió una aseveración que desde allá arriba, desde donde la pronunció, le permitió hacerlo con una suavidad prestada a la brisa fresca de un verano torrencial:

—Él es mi marido.

Y a la mujer policía, que el corazón le latía en el pecho abierto, aquello le sonó a amenaza de poderoso, y aun rodando por el despeñadero de la sorpresa no pudo reprimir el decirle:

—Yo la he visto... modelando... refrescos, automóviles, limpiadores de piso, enciclopedias... yo la veo... siempre.

Pero la chica del bikini sabía que no podía dejarse conmover, y le atravesó la voluntad con la banderilla que le confería el ser de la tele:

—¿Me devuelve a mi marido?

El vacío incómodo del silencio lo vino a llenar el confundido Ender:

—¿Miranda?

La agente volvió del estupor pero tan mareada por la hamaca bamboleante de la celebridad que no pudo más que acatar las órdenes de la chica del bikini:

—Por supuesto, señorita, por supuesto, disculpe la confusión. —Y en un solo movimiento de jefe de chef, la mujer policía liberó a Ender de sus ataduras de pavo de Navidad.

—Yo no hice nada —suplicó infantil Ender a la chica del bikini y ella sin voltear a mirarlo le susurró: «Eso no importa» con una urgencia que más buscaba callarle. «De verdad», insistió él, incomprendido. La chica del bikini se vistió completa con esa sonrisa de artista con que la conocían en todo el país, se devolvió dos pasos para tomar del brazo a su supuesto marido, Ender, y caminar orgullosa, desplegando su alegre coquetería como lo haría una recién casada que se encuentra con su esposo en el metro.

Al llegar al nivel de la calle, ella lo soltó, se quitó las sandalias de tacón alto con la urgencia de quien va tarde a algún lado, y corrió a alcanzar la buseta luego de un rápido «tengo que trabajar».

La ciudad olía a diésel, a disentería, a sentimientos en descomposición. No podía Ender ni pensar en devolverse al metro. No quiso malgastar el poco dinero que le quedaba en cualquier otro transporte público. Decidió caminar.

NUEVE

Ender cruzó el rellano y se detuvo a esperar a que sus ojos se ajustaran a la tenue luz del zaguán. Camino a casa había decidido hacer una parada para corroborar que su mujer no estaba en clases. No podía recordar con claridad qué día eran sus clases de modales, pero sí sabía dónde eran y al menos podía preguntar si estuvo presente en la última o si la próxima ocurriría pronto.

El angosto pasillo, apenas más amplio que el ancho de sus hombros, llevaba a una puerta de la mitad a arriba llena de cuadros de vidrio opaco. El polvo acumulado en las aristas de los marcos revelaba lo complicada que se tornó la vida de la dueña de casa desde que su marido dejó el hogar. Una baldosa temblorosa le hizo revivir los vahídos del hambre, y asustado de haber perdido el equilibrio abrió los brazos para afirmar su propia verticalidad comparada contra las paredes.

No era usual que las puertas del barrio estuvieran abiertas. Incluso cuando la casa estuviera separada del exterior por un zaguán y dos puertas. Ender quiso entender el hecho como un indicio de que había llegado a la hora de la clase. El pomo, flojo por el uso, no hizo ningún tipo de resistencia cuando probó abrirlo. Pensó entonces en tocar la puerta o halar la cuerda metálica de la pequeña campana de bronce nevada de polvo. Volvió a intentar abrir, torció el pomo un poco más que antes, el mecanismo cedió y la puerta se abrió con un sobresalto mínimo. Ender soltó el pomo, temeroso de que se le quedara en la mano. Empujó la puerta con suavidad sintiendo su peso, y enseguida la agarró por el filo para dominar la velocidad con que la abriría. Con sigilo hizo más grande la rendija, hasta lograr asomar la cabeza al interior. No se veía a nadie en la estancia. La sala que alguna vez fue sala-comedor, tenía una ventana desde la que se podía ver hacia lo que Ender supuso sería la cocina. Dio un paso al interior y se dio cuenta que el último que ingresó al recinto dejó el pasador abierto. Ender nunca cruzó la puerta exterior de esa casa. De hecho, nunca siquiera acompañó a Miranda hasta la puerta. Ella se la señaló alguna vez que pasaron juntos rumbo a otra parte.

La sala resplandecía triste sus mejores épocas. Una luz perezosa moldeaba los muebles. Unos enseres que fueron modernos cuando el hombre de la casa ascendía vertiginoso hacia el éxito. Una ráfaga de ánimo bañó el rostro de Ender una vez se irguió sobre sus dos pies dentro de la casa. Logró escuchar las voces asordadas de sus ocupantes, parecía haber llegado a la hora adecuada. Las telas del aire enrarecido se rompieron sin ruido tras su paso sigiloso entre los muebles. Antes de cruzar a la parte de atrás quiso asomarse a la ventanilla que daba a la cocina, para darse una idea de aquello a lo que tendría que enfrentarse. Luego se enteraría que el lugar quedaba bajo la pérgola del patio central, pero desde donde estaba sólo distinguía el perfil de una señora y la figura de la maestra, que cruzaba de un lado a otro mientras trataba de mantener a todos interesados y participando. Ender volvió sobre sus pies, dio un rodeo hacia la puerta que daba a la cocina y allá los vio, al final del pasillo. La cocina, construida en forma de herradura, le quedó a la izquierda con su herrumbrosa heladera de dos puertas, estufa de cuatro hornillas y plancha al centro. Gabinetes de color mostaza y tiradores azules que estuvieron tan ajustados a la moda que el tiempo los hacía lucir como de un pésimo gusto. A la derecha le quedó el espacio a donde mudaron el comedor al volvérselas más esporádicas las ocasiones sociales. Un muro inferior a la cintura separaba todo del solar en donde la habilidosa maestra colocó una pequeña mesa cuadrada que le servía de púlpito para enseñar cómo se conducía la gente educada durante el acto más social de todos: la hora de la comida.

La profesora de modales no levantaba más de metro y medio del suelo. Pero con su presencia de Goliat deambulaba de un lado a otro, siguiendo el ritmo de frú frú de sus faldas de tafetán contra las medias transparentes abrazadas a sus cortas piernecitas hasta los tobillos para perderse en el repiqueteo severo de sus zapatitos de monja. El único varón de la clase, un enjuto treintón de cuya camisa de mangas cortas salían los brazos como dos ramas de ciruelo urbano, acababa de decir que el cuchillo de la carne se reconoce por ser el más grande de los cuchillos en el puesto del comensal. Todas respondieron alborozadas con aleteos de gallinero asaltado. Sólo la morena de cabello alisado lo enfrentó. Tomó el cuchillo con mano ágil, lo sostuvo en alto, y con sus ojos de almendrón amarillo clavados en la punta, soltó una línea que abrió en canal el argumento del pichón de pastor de iglesia: «No siempre es tan claro, a veces todos los cuchillos a los lados de tu plato son del mismo tamaño... mi amor». Una señorita entrada en carnes imitó la elegancia de un pingüino al bajar su falda de secretaria ejecutiva, y sin levantarse de su asiento dijo: «En cada puesto no habrá más que un solo cuchillo, a menos que la comida incluya pescado, en cuyo caso es fácil de reconocer porque no tiene filo». Hizo una "O" grande con la boca mientras miraba a todos a los ojos, y con movimiento experto de índice y pulgar limpió la comisura de sus labios pintados de escarlata mordelón. El cacareo vino a cerrarlo la chica más grande que Ender había visto en su vida, una que parecía ocupar la mitad de la estancia. La chica se expresaba con los gestos grandilocuentes de las actrices de teatro clásico. Todos sus conocidos, allegados, sus familiares y amigos coincidían en que con esas maneras impostadas nadie le daría la razón aunque la tuviera.

La chica del cuchillo de pescado fue la primera que lo vio, y se quedó mirándole con la boquita en puchero, ida en el aspecto de espanto de Ender a quien todo le colgaba como si hasta su piel quisiera echarse en el piso a pasar el calor del día. El chico se quedó mirando cómo la chica del puchero se recogía como adormidera, y con toda la intriga de quien espera lo peor, siguió la línea nítida de la mirada de la chica hasta chocar con el rostro de espanto de Ender, quien, con esa ropa acartonada por la falta de planchado y el semblante demacrado por el guayabo, hacía creer que la fuerza de gravedad había aumentado sólo para él.

La otra chica aguantó un suspiro al recordar que esa mañana cuando se preparaba el desayuno le salió un huevo con dos yemas, y en aquel momento se acordó del rumor que volaba por el barrio acerca de un vagabundo que arribó de otro país a rumiar una tristeza que nunca pudo contarle a nadie. Un buen día aquel hombre, que por triste apodaban el Sauce, dejó de arrastrar sus huesos por las escalinatas interminables del cerro, se metió en la primera morada con la puerta abierta y usó el mismo cordel con que sostenía sus pantalones para colgarse frente a la mirada atónita de los dueños de la casa. Cuando en la habitación no se escuchó otro sonido que el de su voz de pavo en peligro explicando en términos fáciles la diferencia entre tomar el cuchillo a la manera local o como lo hacían en la corte danesa, donde lo sostenían como si se tratase de un lápiz «lo que», se apresuraba a subrayar, «presta una elegancia extrema al act...» la profesora volteó sonreída a ver lo que todos miraban hasta encontrarse con Ender, hediondo como perro perdido y con ojos de quien la vida se le ha vuelto un acto extraordinario que llevan a cabo los demás. Pero la profesora no se asustó ante la presencia del loco suelto, erguido contra el marco de la cocina a todo lo que le daba el cuerpo, porque aquel vagabundo en la puerta de su patio era lo mismo que su marido Ramón, el suicida que se equivocó de casa y ahora rondaba de boca en boca por todo el barrio. Ella sabía que nunca fue un fantasma sino un desamparado de carne y hueso que nació donde Brasil pierde su nombre y encontró minas de diamantes que doblegaban las espaldas de los oriundos y que se llenó los bolsillos de pedacitos de la mina y vino como pudo en un barquito de doble fondo, en el vientre de una vaca recién parida, y, por último, para llegar a tierra de libertad, compartió el ataúd y la escolta de honor de un teniente coronel ultimado en la selva por los barbados de la guerrilla. Y que su Ramoncito querido se extirpó la poca vida que le quedaba en la carcasa del cuerpo después de drenarlo con alcohol por siete meses y cuatro días, perseguido por el mismo recuerdo atormentador del que venía huyendo, y del que quiso esconderse en este barrio del demonio hasta por Dios olvidado.

—¿En qué puedo servirle? —le dijo luego de saludarle, y para invitarlo a responder le regaló una sonrisa. Por un momento Ender pensó que todas las ventanas de la casa se habían abierto sin participación del viento, pero no fue más que la ilusión del sobresalto de saberse alguien en casa de otra gente.

—Yo. Mi mujer. Soy el esposo de mi mujer. —Y a Ender la voz se le atascó en la garganta como algodón seco.

—¿Cómo se llama su esposa? —continuó la profesora como si la frase de Ender hubiera sido coherente.

—Miranda. —Al escuchar el nombre una bandada de palomas echó a volar desde la pérgola. Y la profesora recordó a su marido en el baño mirando preocupado sus propias manos sumergidas en el lavamanos repleto de agua. «¿Qué miras?», le preguntó ella, y él le pidió que se asomara; y juntos vieron en el agua el reflejo del marido como en la distancia, colgando de un bejuco poblado de macacos llorones, amarrado por el cuello con su propio cinturón de cordel.

—¿Miranda? —repitió la morena de ojos de almendrón, y Ender escuchó la voz como si surgiera de la boca de la profesora pero con otro tono; y Ender, aliviado como si se hubiera sentado en un sofá de plumas de pato, repitió una vez más el nombre de su mujer.

—¿No supo? —le dijo la chica de piel de aceituna, o tal vez fue la profesora.

—¿No le dijeron? —siguió el único hombre que asistía a aquella clase de señoritas.

—No ha podido venir —le dijo la profesora.

Luego de eso, los recuerdos se le confundían a Ender. La profesora lo llevaba a la puerta porque tenía que seguir con la clase, y después de este grupo seguía otro y otro más, porque es difícil acercar un mes al siguiente, ¿sabe?, con tantas cosas que pagar que uno ni utiliza. ¿Fue ella quien lo llevó hasta la puerta del túnel? Un túnel que no debió atravesar nunca, que nadie debió atravesar nunca. En la noche era intransitable, porque era un túnel tan oscuro que nadie lo podía localizar más que los pasajeros, que tomaban sus puestos de día cuando todavía se podía ver luz al final. Pero en la noche era un lugar de espanto desde donde salían monstruos despavoridos buscando solaz en los callejones peligrosos. La profesora lo tomó del brazo, y como encantadora de serpientes no dejó de hablar ni de mirarle a los ojos sin soltarle el codo, como si condujera a un niño a los brazos de su madre. Y Ender volvió a preguntarle por Miranda, a lo que ella le contestó sonando tanto las eses que a Ender le entraron ganas de dormir. Tenía ganas de ir al circo, de arrastrarse entre las hojas del piso, obligado por la suavidad de la sonrisa de vendedora de la profesora de modales. «El paradero de su esposa está por verse, pero usted no se desgaste en preocupaciones sin importancia, que las explicaciones esperan por nosotros hasta que estemos preparados». Y allí se estrellaron los dos contra el olor nauseabundo de la boca del túnel y a Ender le dieron ganas de zafarse del yugo de su suave apretón. Con la mano libre buscó su cinturón, con la intención de colgarla del primer árbol hasta que se le congelara la hipocresía de aquel gesto lleno de dientes postizos, pero al detenerse en seco ella le soltó el codo y con el mismo movimiento le puso una zancadilla, como si estuvieran en la fila para entrar al aula en la escuela y la chiquilla malcriada que no quiere que se le adelanten convirtiera su piernecita en un obstáculo insalvable. El desesperado Ender sólo quería irse muy lejos de la sonrisa de arpía de la profesora de modales, pero no consiguió más que caer en las fauces del túnel que, muerto de hambre de sangre nueva, lo engulló en un instante mientras dejó ir sana y salva a la profesora con su infame sonrisa afable.

Ender conocía aquel túnel, que a mitad de la cuadra interrumpía el rosario de locales comerciales y el tránsito de las personas decentes. En lo más alto de su media luna apenas alcanzaba una persona de altura normal, y Ender, junto a los demás, prefería cruzar a la otra acera antes que inhalar el aliento fétido de su boca de gordo a dieta. De día podía vislumbrarse en la penumbra del túnel el barrial de almas en pena revolcándose en el insomnio de su noche eterna. Lo que Ender no supo a tiempo era que estaba dentro de él, hasta que unas manos enormes con ventosas de pulpo le tomaron por los tobillos. El golpe en la barbilla le sonó a cuando de niño se cayó del balancín y «se hizo una fisura», como dijo su dentista, un viejo de grandes lentes que trataba tan bien a su madre como tan mal lo trataba a él. La hediondez a malecón de puerto seco le cerró la glotis con su mano de huesecillos de dinosaurio carroñero, y todos los monstruos de su niñez se escaparon de sus escondites para cumplir todas las amenazas con que lo habían atormentado. ¿A dónde se le fue toda aquella valentía con la que lograba devolverlos al clóset, sacarlos de debajo de su cama, desaparecerlos con sólo encender la luz para enfrentarlos aunque les acababa de ver en la proyección de sus siniestras sombras en las paredes? ¿Qué le diluyó la salmuera con que los mantenía a todos a raya? ¿Qué era lo que tanto buscaban los habitantes del túnel dentro de sus entrañas, que una y otra vez lo penetraban con el frío de sus navajas de hojas tan largas como lanzas de aborígenes? ¿Qué era ese sabor a herrumbre viscosa que le empapaba el cuerpo con sus babas de caracol sin su casa? ¿Qué eran esos gritos como de algarabía de guerreros caribes que no lo dejaban escuchar los suyos propios? ¿Qué era esta quietud que ahora se le instalaba ensordeciéndolo con el pitido del silencio, justo cuando se había cansado de luchar?

Vio las cosas existir calladamente, ensopado en un rumor blanco que le salía de los oídos y corría al horizonte para nunca más volver. Vio cruzar ríos de pasos que ya no retumbaban contra el piso. Vio los charcos brincar sin ruido fuera de sus hoyos, espantados por las llantas de los autos que intentaban aplastarlos con sus máquinas mudas. Y fue entonces cuando se acercaron los ángeles a su rescate. Sin tocar el suelo ni agitar sus alas ni hacer el menor sonido que pudiera entorpecer las olas concéntricas de paz que emanaban de sus sonrisas de querubines. Como un grupo de rescate bien orquestado lo colocaron en posición supina, y con manos expertas hicieron lo posible por volver a colocar todo en su sitio para que el dios tiempo viniera a hacer la parte que le correspondía. Eran las mismas señoras que lo visitaron en casa para convencerlo de que la Iglesia era lo mejor que existía. Las que oraron por él para que un dolor que no tenía desapareciera por siempre y así él pudiera seguir con su vida. Aquél coro de señoras de la fe pasó muchas horas con él después de que el túnel lo vomitó, asqueado por el falso sabor que le consiguió al morderlo. Luego de inmovilizarlo para evitar más daños, lo subieron en una camilla tipo militar, hecha de travesaños de madera y lona manchada pero limpia, en la que él también dejaría, para el disfrute del próximo pasajero, su propia decoración "jipi buena onda" cuando los charcos de su plasma secaran. Lo llevaron entre todas con todo el cuidado, y, aun así, Ender se retorció a cada paso, porque aquellas señoras angelicales parecían haber estado usando sus intestinos como agarraderas. Al subir las escalinatas, los orificios de sus costados se desgarraron como las velas podridas de un barco encallado en el puerto de los lamentos. Por fin, habían dejado caer su carcaza de barco corsario abandonado, y, con el agua que lograban aguantar en el cuenco de sus pequeñas manos, poco a poco, lograron humedecer el lago seco de sus esperanzas de vida.

DIEZ

Cuando Macuto Antúnez entró a la casa de Ender, sus señoras ángeles de la guarda le revoloteaban alrededor como gallinazos peleándose por la golosina de sus entrañas. Las mujeres se espantaron al escuchar el retumbar manso de sus pasos de gran simio, dejando en el aire un desorden de plumas que nunca terminaron de caer al piso. Macuto vio a Ender tirado sobre la improvisada cama de hospital en que habían convertido la mesa de comedor, vio el entendimiento dispersándose en los alcanfores de la medicina casera de sus salvadoras, lo vio incapaz de reconocerlo a través de las hinchadas rendijas a las que apenas pudieron asomarse sus ojos de delirante, y lo vio como el gorila que sin invitación vino a visitarlo y que echó a volar a sus ángeles. No sería hasta mucho más tarde cuando Ender recordaría aquel gorila de sonrisa postiza como el mismo que se le acercó en la entrevista en que lo descalificaron como posible chofer de limusina. En otro momento le

habría dado un empujón para sacarse de encima su ro-
cío nauseabundo de agua estancada y hubiera intentado
someterlo a la fuerza bruta de sus músculos de superhéroe, pero en aquél momento apenas si le alcanzaban
las fuerzas para halar un hilito de aire fresco, tan del-
gado que nunca llegaba a llenarle los pulmones. Todavía no sabía Ender que las noches siguientes recorrería
sonámbulo los laberintos del insomnio con un hombro
recostado a la pared para no perder el equilibrio. Sumergido en los dolores de sus huesos rotos y usando
como única guía el sonar biológico de su propia respiración asmática, y sin lograr alcanzar nunca el arrullo
tierno de la relajación total. No sabía aún que pasaría
horas muertas abrazado a la taza del baño, vaciando en
arcadas amargas buches ácidos de su alma en pena que
incendiarían su esófago hasta las lágrimas, que se sen-
taría en el baño con el dolor chorreándole por las sienes
de tanto empujar dos gotas de orina sangrienta, que con
espaciados plop, plop, se harían una nada en el pozo de
agua sucia del váter, y que sufriría un lumbago en el
corazón de ir por casa recogiendo una y otra vez las
trizas de los mismos recuerdos, angustiado por el terror
de no volver a saber nunca quién era él, y viviendo sólo
por la obligación de hacerlo, usando un alma que ya no
conocía en una casa que hubiera querido en otro lado,
donde se hablara una lengua que no fuera violenta y
donde pudiera volver a empezar desde cero, y entonces,
construir una vida donde nunca tuviera que separarse
otra vez de su Miranda de su corazón. No esta casa, que
la tuvo que hacer con sus propias manos con retazos
robados a los amigos agradecidos, a los amigos solida-

rios, o con trozos arrebatados en un descuido a los amigos confiados. Una casa que él mismo hizo crecer y crecer y ahora seguía creciendo sola y se iba haciendo enorme mientras él se marchitaba como un papel al fuego en el vértigo del seguir siendo, con tan poquitas ganas de ser.

«Ya está», suspiró acostado en la cama, estremecido por el soplo sísmico que barrería el café bar a donde lo llevaría su delirio de insomne desperdigándolo en pedazos junto a los presentes; «ya está», suspiró esa mañana cuando le pusieron el chaleco de explosivos que él mismo detonaría más tarde cuando jugara al dominó con los vecinos en el café bar de la esquina; «ya está», suspiró, y trancó el juego a seis porque sabía que la doblecena la tenía su compañero y lo demás era blanco; «ya está», suspiró de alivio porque haber ganado la partida le hizo sentir algo bonito otra vez, y se le cayó de la boca un gritito femenino cuando recordó a lo que vino; «ya está», suspiró, porque se le habían quitado las ganas de ser una bomba suicida y ya no tenía por qué pisar el botón que los llevaría a todos a otra vida. Pero no era tan fácil, porque quien se hace bomba se pone el chaleco y se entrega el albedrío de otros, deja de ser de este mundo, regala el momento de su trascendencia a una causa común, está muerto en vida para matar a unos cuantos, tal vez a una docena, vive por unos segundos más en un mínimo limbo de futuro que ha intercambiado por una efímera ilusión de certeza. El centinela de la causa, desde su puesto de vigilancia, supo que había tañido el relámpago de la supervivencia en el hombre-bomba poniendo en peligro toda la operación, y ya con la cruz de su mira en el pecho vendado de explosivos de Ender, apretó el gatillo. La explosión cegó a todos de blanco y por un instante sacó a Ender de su delirio.

—Para mí, la vida es muy simple: busco lo que se ha perdido y se lo devuelvo a su dueño —le dijo Macuto a Ender con paciencia de maestra de parvulario.

Ender volteó los ojos, como si intentara ver dentro de su propio cerebro, y cruzó de vuelta al recinto de sus pesadillas guiado por el olor a alcanfor con que las pajarracas le embadurnaron el cuerpo para espantarle los acechos de la muerte; y, sin quererlo, pudo verse tirado sobre la mesa del comedor, y volteó la mirada a otro lado con el vahído de haber violado la vieja superstición que prohibía el verse a uno mismo en los sueños.

La chica del bikini con las narices rellenas de algodón blanco se le acercó en puntillas para invitarlo a salir a algún lugar donde pudieran estar a solas, y se fue mostrándole el camino con las huellas que dejaban sus pasos descalzos sobre la gruesa capa de polvo del piso. Ella lo pasó junto al pozo de los exterminios eternos, y su aliento a degollina de malvados milenarios llamó a su morbo a asomarse a ver aquellos cuerpos insepultos supurando por las troneras, hechas por el caldo de su propia bilis. Pero ella, medusa incólume, condenada al movimiento perpetuo a riesgo de perecer, no lo dejó ser víctima de su propia imaginación, y él, con la voluntad suspendida, la siguió sin protestar por el camino de las carcasas de torsos con costillas sin carne, pues ya los gallinazos con máscaras de cuero y miradas lascivas se las habían arrancado y ahora en montañitas que iban marcando el camino, se confundían desordenados entre los huesos de los aduladores de todos los tiempos. La chica del bikini empujó la puerta que los llevó al pasadizo tras el armario de metal de la alacena, y allí, Ender volvió a verse a sí mismo, tirado boca abajo en el piso, con el temblor involuntario de los desahuciados y los brazos cruzados bajo la frente, como escondiéndose de la mirada de su propio yo duplicado. Llevaba el uniforme de la escuela en su cuerpo de hombre con piernas peludas, y en los pies los escarpines de bebé que le tejió su abuela Tulia como regalo de bienvenida a este mundo. No tuvieron que ir a voltearlo boca arriba para saber que los buitres le habían sorbido los humores de las órbitas cual huevos pasados por agua, que le habían despegado el rostro como un viejo papel tapiz mientras lo sostenían con las ganzúas de sus patas para hincarle el garfio de sus picos hasta hacerle un levantadito en la piel que los dejara pelarlo de un tirón como a un mango maduro, y que lo dejaron ahí, a merced del gorila Macuto, quien le mostraba con insistencia una paleta blanca de plástico que quedaba pequeña en el pozo llano de su manota de primate, mientras le preguntaba sin respiro si vio uno así en la casa, si su mujer, su Miranda de su corazón, le trajo uno así a la casa, si se lo dio a guardar; y mil preguntas que no eran más que las mismas tres en un sinfín de muñeco de cuerda, y Ender quiso contestarle con un sonoro «vete a la mierda», pero el grito se le hizo en la garganta un volcán de ardor seco que lo arqueó en una tos sin aliento, y la vista se le llenó de estrellas que se fundieron en un fulgor blanco que lo tiró aturdido contra el piso. Habían puesto explosivos en todos los rincones de la casa. El capataz, con voz de autómata ampliada por un megáfono blanco y naranja, pedía por última vez a los curiosos que se alejaran de la reliquia a implosionar para dar paso al futuro. Pero la chica del bikini quiso entrar al edificio con él de la mano, pues estaba convencida de que ahí seguía su mamá esperando el regreso de su marido que salió por cigarrillos con la promesa de volver enseguida. La chica del bikini reconocía aquel edificio como el mismo en que ella corría por los pasillos en pañales, dueña de toda la alegría, donde pasaba tocando los timbres de entrada sólo por jugar y donde esperó a su papá cada tarde sentadita en la punta de las escaleras, aferrada a su osito de peluche ya tuerto por los años, para recibirle los libros con los que estudiaba para ser doctor y poder sacarlos de una vez por todas de ese edificio de miserables.

Los explosivos reventaron las coyunturas del edificio y les llovieron añicos de los ladrillos espantados en una recia tormenta de mortíferas esquirlas que amenazaron con acabar con todo lo que quedaba. De un momento al siguiente el piso dejó de existir y el techo se les vino encima, víctima de la gravedad. ¿Por qué los sueños han de seguir las reglas de la realidad? Como pudo, Ender se levantó ya en su uniforme de faena para subir al trote por dentro de la torre, con la misma sonrisa satisfecha que llevaba aquel primer día de patrulla entre las hojas gigantescas de la selva donde se escondía el enemigo, y estaba por saber que no existía diferencia con el cazar pajaritos con resortera: alineó la cabecita sin casco del descuidado soldado en posición de descanso con la línea de metal sobre el cañón de su rifle. Más fuerte fue el relámpago de asombro que le palpitó en las pupilas, que el estallido de la delicada cáscara que contenía los sesos de aquel infeliz. Ender se asomó a la orilla del campanario con un pulso de pánico brincándole en la boca del estómago. Ahora usaba la mirilla para verle la cara a las palomas con cuerpos de persona que deambulaban en la plaza y que él tumbaba cual patitos de feria, haciéndoles derrumbarse como marionetas a las que les cortan las cuerdas con un tijeretazo: bruum, bruum, bruum. Cuando niño, corría a recoger los pajaritos del suelo, feliz porque por fin podía tenerlos en sus manos y sentir la seda de sus plumas mínimas, les abría las alas de escudo nacional pero la cabeza les colgaba y les daba la vuelta y Ender los soltaba despavorido. Desde arriba el pueblecito con su plaza y su fuente parecía una postal desvaída encontrada en el baúl de una abuela muerta hacía muchos años. El punto de la mira de Ender estaba ya en la nuca de su siguiente diana, pero ésta volteó a mirarlo directo con los ojos de Miranda y las narices rellenas de algodón, y por un instante, él mismo fue el soldado en descanso y antes de poder reconocerse se derrumbó y el mundo se le hizo blanco ¡bruum!

De tanto verlo entre sueños ya Ender no reconocía si Macuto era real o los vestigios inexplicables de una manifestación onírica de alguna película de terror antes de dormir. Con su ceño de gorila de goma se le asomaba a los ojos con vasos de agua que le empinaba en los labios hasta que los tosía a chorros por las narices. Y entre las troneras de la conciencia, Macuto le enseñaba monitos, ranitas, esponjitas, caracolitos, medallitas, cajitas, pulpitos, robotitos, muñequitos, leoncitos, cochinitos, tortuguitas, dinosaurios, dijes, uno tras otro sacaba juguetitos de sus bolsillos como niño en piñata mientras le ladraba en ese idioma que tienen los perros para dejarte saber que no están contentos contigo, y lo pringaba con la llovizna de sus dedotes mojados para mantenerlo alejado de la inconsciencia total. Pero de nuevo el sueño persistente lo dejó seguir curándose los dolores. En el ardor de las aguas heladas del mar de Bering el rostro se le entumeció hasta hacérsele una máscara de espantar niños: con ojos, nariz y boca hechas de colgajos de hule tan pesados que amenazaban con despegarse por completo de su calavera. Las manos, muertas ramas secas, blancas y llenas de manchas azules que sabía suyas sólo porque sentía un dolor que las atravesaba hasta los huesos, y aunque lograba moverlas como dos remos inertes, ya no entendía si halaban agua o si él mismo se estaba desmembrando todo para hundirse en pedazos hasta el mismo fondo del cansancio.

La chica del bikini lo sacó por los cabellos del fondo de la fuente del parque, él abrió la boca para chupar un poco de aire tibio del ambiente y conseguir calmar un poco el galope histérico de su corazón fibrilante. Su guerrera abierta dejaba ver su cuerpo por dentro todo hecho de alambres, coyunturas, huesos y músculos formados con hilos de metal que le dolían en el frío y se oxidaban a la intemperie. La viuda de Escobar entró a la casa con su andar impreciso de loro en azulejos y vio a Macuto, que había dejado de ladrar y con un arma en la mano miraba sin ver al amasijo horrendo que era Ender. Aunque Ender no abrió los ojos, la chica del bikini percibía que seguía con vida, así que lo agarró de una mano y se lo llevó al carro para salir huyendo. Pero en aquel sueño, tan recurrente como los sueños de las primeras horas del día, ella no sabía manejar. Así que le dio las llaves a Ender y se subió al asiento del pasajero con su peluche entre los brazos como si fuera un bebé. Macuto se había quitado la chaqueta y se la había puesto al revés para no salpicarla de sangre. Con la camisa de *polyester* de segunda mano adherida a la espalda por el bochorno de la tarde puso la boca del arma en el globo ocular de Ender y con la mano izquierda le agarró la frente.

—¡No te atrevas! —le gritó la viuda de Escobar con los ojos inyectados de esa dulzura amarga del ejercicio del poder.

Y Macuto no le hizo caso, sino que contó hasta tres y apretó el gatillo. Pero Ender siguió vivo. Ender abrió los ojos, sólo para ver a Macuto reír con la risa pintada de los payasos. Ender perdió el conocimiento y como perseguido por el alma de un diablo piloto aceleró a fondo para dejar todo atrás de una vez por todas. En la curva peligrosa hizo alarde de sus falsas dotes de corredor de coches, golpeó el freno con todas sus fuerzas antes de entrar con el plan de acelerar a fondo al tocar su boca, y dejarse deslizar de lado por toda ella hasta salir rápido al otro lado, ilesos y bien lejos de su perseguidor. Pero la curva nunca se dejó galopar, y así como entraron, salieron de ella saltando al vacío, volando por varios metros y el golpe aparatoso al volver a tocar piso le hizo perder el control, despidiendo a la chica del bikini por el parabrisas, abrazada con firmeza al osito tuerto que le dio su papá. La tarde dio un respiro y el suave viento entrometido al ver la ventana sin su cristal se hizo huésped indeseable, volando todos los papeles que encontró en la casa, revolviendo en el aire el olor a hojas muertas y el remolino en el vaso de agua ya dulce se fue calmando poco a poco mientras los granitos de azúcar sin disolver fueron uno a uno posándose en el fondo. El tráfico de pájaros se dejó escuchar otra vez con sus trinos estridentes, exigiendo urgencia en el andar y los gatos se estiraron muy largos para desperezarse de la modorra del día. Los padres persiguieron las risas de los niños para guardarlas muy dentro de sus propios días. La chica del bikini se inclinó hacia él con los orificios de la nariz rellenos de algodón y lo despertó con un beso en la boca.

ONCE

Ender se arregló el traje de superhéroe y tocó la puerta con la timidez de la gente del interior. Un viejo letrero lamido en las orillas por varias capas de pintura confundía a todo aquel que se acercaba, diciéndole que era un *"Depósito"* cuando en realidad ya hacía varios años que aquella era una sala de edición. Ender se encontraba en la parte vieja del canal de televisión más antiguo del país. Fundado en los alrededores del centro de la ciudad, las nuevas instalaciones fueron construidas en forma de una "U" envolviendo a la sede anterior. Así el carismático edificio donde funcionaba la televisora original quedó escondido tras "la nueva televisora del futuro": una fortaleza de espejos que devolvía la imagen de quien transitara por su frente. La entrada posterior, la parte abierta de la "U", sólo la usaba el dueño del canal y sus invitados especiales, y llevaba al viejo canal que nunca dejó de ser un edificio amigable. Adornado con columnas llenas de trinitarias frondosas, techo a dos aguas coronado de tejas de terracota, paredes pintadas de colores pastel de cumpleaños y cornisas torneadas de crema batida, todo montado sobre una base de granito que don Julio Roldán se encargaba de pulir a diario, sin apuro ni pausa.

Para llegar hasta la sala de edición a la que lo mandó la chica del bikini, Ender acababa de atravesar el pasillo del tiempo guiado por las fotografías en blanco y negro de quienes primero se atrevieron a sonreír frente a las cámaras al releer las noticias que se oían en la radio a las cinco de la mañana, a leer en vivo los obituarios de las páginas sociales de los periódicos o a recitar dando la cara los poemas de Amado Nervo en el *show* de mediodía. Ender se atrevió a dar cuatro golpecitos más y esperó una respuesta que nunca llegó. Dejó pasar un tiempo prudencial pero no hubo cambio. Esperó. Esperó. Nada. El silencio lo llenó de la gallardía que sólo le sobrevenía cuando Miranda le llevaba la contraria y cometió el error que le costaría el susto que tanto trató de evitarse: pegó el oído a la puerta sin antes mirar a los lados para asegurarse de que nadie viniera por el pasillo y lo sorprendiera escudriñando en una zona privada y sin ningún propósito que tuviera que ver con el beneficio de aquella empresa. Del otro lado de la puerta no se escuchaba más que el temblor de un aire acondicionado al que le crujían las aspas cuando echaba frío. Y sin que Ender se diera cuenta pasó don Julio Roldán muy cerca de él, empujando su pulidora industrial, y con su humor de papelón criollo casi lo hace pegar un grito al decirle al oído:

—¡Pasa adelante! ¿Tú no eres superhéroe, pues?

Después de saltar y recobrar la compostura, Ender se tocó con las dos manos los pectorales de neopreno y lo vio alejarse sin que el hombre hiciera el menor ademán por voltearse. Ender estaba estrenando ese traje. Fue al canal acompañando a la chica del bikini, quien le prometió el traje de superhéroe y él no pudo negarse a tan maravilloso regalo. Al principio el vestuarista no sabía a qué traje se refería ella, pero con mucha coquetería la chica del bikini lo fue involucrando mientras perseguía su enérgico mariposeo por los pasillos de la nave de vestuario. Hasta que por fin le hizo recordar el conjunto que se llegó a conocer en todo el medio artístico como el traje de la mala suerte. Se acordó de que esos trajes no los elaboró él, que los hicieron afuera para un montaje en Broadway lleno de pirotecnia que cerró antes de abrir por accidentes fortuitos, y que alguien de la televisora fue y los compró para una serie de superhéroes, que también cancelaron porque no encontraron actores que los llenaran, y que por todo eso ni él ni nadie tendría problema en regalárselo aunque costaba una fortuna.

—Igual, toda prenda en desuso es ropa vieja y nada más —le dijo.

Por fin Ender abrió la puerta, y aparte de un reguero de televisores pestañeando al unísono, se encontró con que dentro de la sala no había nadie. Sus ojos se fueron acostumbrando a la lúgubre luz que con intermitencia esculpía la estancia. El parpadeo de las pantallas hacía aparecer y desaparecer los muebles donde los editores pasaban horas hipnotizados. En esa sala de edición era donde se elaboraban los favores a los conocidos, familiares y amigos de la gente del canal: los bautizos, alumbramientos, despedidas de soltero, matrimonios, videos de luna de miel, videos íntimos y hasta divorcios excepcionales. En la televisora tenían una sala de edición especial donde se armaban los programas especiales, esa sala no era esta. Tampoco era esta la sala de los proyectos secretos, a la que los periodistas de otros medios encontraban acceso y dejaban filtrar al público las sorpresas televisivas de la próxima temporada. Esta sala no sólo estaba escondida a la vista de la mayoría: esta sala no existía y punto.

Más tarde, la chica del bikini y el periodista Aristigueta encontrarían a Ender extasiado en el cuento relatado a coro por los televisores. La voz del periodista Aristigueta explicaba el laborioso proceso de la producción de caucho con un susurro amoroso que parecía no querer perturbar el santuario donde se llevaba a cabo.

—Buenas tardes —saludó el periodista Aristigueta en tono de reclamo al entrometido. Pero Ender no supo qué contestar porque estaba distraído en el asombro de comprobar que el hombre frente a él, hablaba con la misma voz del periodista Aristigueta que estaba en los monitores. El mismo con el cual él había dormitado cientos de veces en el aburrido noticiero de las cinco de la tarde. La camisa formal bien planchada hasta la doble orilla de sus mangas cortas adornada con una corbata neutra que anudó alguna vez hace muchos años; sus sílabas pronunciadas con el mágico ritmo de los caballos de paso; la familiaridad de sus gestos perezosos típico de los montañeses; la mirada directa y diáfana de quien quiere convencerte de que ha hecho un voto inexpugnable que lo obliga a decir la verdad, sólo la verdad y nada más que la verdad, y que además esperaba lo mismo de sus familiares relacionados, amigos y desconocidos.

—Está bien, es mi amigo. —Salió a su rescate la chica del bikini—. Yo le dije que nos esperara aquí. No hay problema, ¿no?

—Bueno, te muestro otro día —contestó el periodista Aristigueta.

—Es amigo. Toda la confianza —insistió la chica del bikini.

Con la palabra de ella como salvoconducto irrevocable, el periodista Aristigueta se volteó y en una frase le ofreció sus más sinceras simpatías a Ender, el superhéroe, por la cancelación de una serie de televisión a la que él nunca perteneció.

—Mis condolencias por el cierre del programa. Cancelarlo fue una cagada política. —Y se sentó confiado a manipular la máquina de edición.

El programa derogado fue en su tiempo una epifanía que salvó al dueño del canal de los sangrientos duelos en su oficina contra los crucigramas importados por los periódicos del país: sacar *El Salón de la Justicia* del ámbito de los dibujos animados y hacerlos de carne y hueso, para que con sus superpoderes arreglaran los problemas de la vida real. El éxito estaría, según se lo decía su premonición, en que al hacer humanos a los héroes podría hacer relaciones públicas constantes y entrevistarlos en los noticieros, ponerlos a cocinar, entrar en sus casas, acompañarlos en sus días de asueto, pedirles opiniones y consejos de las cosas más cotidianas y comunes del ser. La sola idea le devolvió al dueño del canal la fuerza de sus años mozos, al punto que entusiasmó a su señora esposa a romper la promesa firme de no volver a ser productora de televisión nunca jamás. Y con las mismas, ella se fue al barrio chino de Nueva York y encontró los trajes originales de los superhéroes. Luego el problema fue encontrar en el país a los hombres y mujeres con el tamaño y la figura de los nórdicos superhéroes para quienes fueron diseñados.

Un día, el gobernador del país quiso pasar por el canal de televisión en una visita "espontánea".

—Sin escolta, sin protocolo, sin parafernalia. Para pasar un rato juntos como viejos amigos.

La historia que nadie sabía, pero todo el mundo contaba, decía que el gobernador del país llegó en su camioneta por la parte de atrás del canal en indumentaria de paisano y ahí lo esperaba el dueño del canal, también sin mayores aspavientos. Con la tarde para ellos y el país estacionado allá afuera, charlaron largo y tendido como dos viejos patriarcas, campaneando sus *whiskies* como si adentro estuvieran sus esposas chismeando mientras los niños jugaban en el patio. El programa fue todo un éxito desde las promociones para su estreno, y ya para la segunda emisión formaba parte de los chistes de los cómicos ambulantes: el gobernador del país comisionó a los superhéroes de *El Salón de la Justicia* para que suban al cielo y bajen los precios de la cesta básica; los superhéroes voladores van a empezar a cobrar por aventones al país más cercano; los políticos deberían aprender a unir sus poderes como los superhéroes de *El Salón de la Justicia...*

—A mí los rumores no me quitan el sueño. Lo que sí no tolero es la falta de respeto.

—¿Y te pidió que cancelaras el programa? —le preguntó la esposa al dueño del canal.

—No —le contestó el dueño del canal—. Hay cosas que se entienden mejor cuando no se dicen.

—Porque tú eres muy bueno, porque yo hubiera hecho que me lo dijera bien claro, que me lo pidiera de rodillas para después decirle que no, que no cancelaba nada. ¡Viejo tontoreco!

En la versión del documental del caucho que el periodista Aristigueta les mostraba a la chica del bikini y a Ender, se podía ver el momento en que un hermoso campo verde custodiado por frondosos árboles se definía como un improvisado aeropuerto en medio de la nada, y de repente entraba una avioneta volando, aterrizaba, de ella se bajaban un par de hombres, cargaban combustible de unos tanques disimulados entre las matas, y volvían a alzar vuelo con la pericia de un equipo de una escudería de carreras en una parada. Hasta ese momento Ender no entendió qué hacer con la paleta de memoria electrónica que Miranda le encargó tanto cuando se embarcaron al avión. «Son sólo las coordenadas de los aeropuertos que usa mi jefe cuando va a supervisar sus fincas, pero yo las bajé por si acaso, guárdalas». Navegando en lo profundo de sus pensamientos, Ender quiso corroborar que la paleta estuviera en su sitio, en ese lugar del cuerpo donde no le molestaba a él y donde nadie se molestaba en buscar.

—Al superhéroe como que le molesta la ropa interior —dijo el periodista Aristigueta al notar el gesto.

Antes de que Ender pudiera contestar, entró el editor encargado de la sala, Jámiston "el Negro" Robles, un bailarín tropical profesional que aprendió la gramática de la imagen haciendo videos de merengue erótico con las primas. Jámiston no sólo venía perseguido por su propio tufo a cigarrillo, sino, según él, por el dueño del canal y el dueño de la compañía.

—Vienen subiendo.

El dueño de la compañía no lo recordaría jamás, pero la chica del bikini lo conoció como hombre en una audición para niñas modelo, donde ella perdió la inocencia al igual que la oportunidad de modelar. Todavía la llamaban Yubeily Montiel y formaba parte de la horda de niñas que viajaban de todo el país para mostrar en la capital sus ínfulas de mujer tan recién estrenadas que todavía no conocían las fuerzas atroces que eran capaces de desatar. Su abuelita, con quien aún compartía la cama, fue quien vio el anuncio en la telenovela vespertina, y quiso jugársela para cambiarle la vida a la nieta, antes de irse.

—Me la cuida —le dijo la abuelita a don Marcos, el chofer del autobús interurbano y amigo de la casa, quien en un arrebato de amor colgó la sotana y ahora hacía la ruta de diez horas de ida y vuelta a la capital para darle de comer a "los doce apóstoles", los doce hijos que le prometió a su Dios católico, apostólico y romano a cambio de aquel amor tan bonito y tan humano. Don Marcos la sentó justo detrás de él y con ademán de botones, le colocó su maletita rosada a los pies—. Mire que ella todavía cree que la belleza sólo está en la naturaleza y en el interior tierno de las personas buenas —remató la abuelita.

—¡Ay! ¡Qué Dios la cuide! —le contestó espantado el chofer sacerdote.

Días antes, la abuelita sintió un fuerte tirón del más allá que le detuvo el corazón y le cerró el paso del aire por unos instantes. Pensó en Virginia, la vecina del edificio de enfrente quien acababa de llegar de Milán con un cargamento de ropa de última moda para vender. Virginia, con modales de vendedora de *boutique* la saludó con su nombre de pila y le dijo "bella" con un golpe de aliento que le dejó saber que le daba ternura ver en ella la combinación de las últimas bocanadas de decrepitud con la esperanza propia de los primeros alientos.

—Pero yo no sé si voy a tener su talla, abuelita.

—No es para mí, es para ella —le dijo señalando a la nieta. Y por primera vez, Virginia reparó en la niña que venía con ella. Una niña que parecía vivir muy dentro de ella misma, y que como cachorro entrenado enseguida se acercó a Virginia con la mano extendida para saludarla pero sin sonreír ni mirarla a los ojos.

—Bueno, ayúdeme que yo la ayudaré. Busque lo que necesite ahí en ese dormitorio, que es donde tengo la ropa como para ella, mientras yo atiendo a esta cliente que vino por cita, ¿está bien?

El dueño de la compañía entró a la sala oloroso a Jean Marie Farina, con el cabello engominado como lo estaban usando los jóvenes para burlarse de los viejos como él, pero que él lo tomaba como un homenaje a su liderazgo, a su diáfana sincronía con los tiempos. Demagogo, como buen vendedor de autos, machucó las manos a todos poniendo el dorso de la propia hacia arriba y así mostrarles su dominancia además de impresionarlos con el resplandor de su anillo de bachiller que recién se había hecho regalar en agradecimiento por los favores concedidos al liceo al que en tiempos de la colonia asistió el padre de la patria.

—Nunca estuve de acuerdo con el cierre de *El Salón de la Justicia*. Se lo dije al gobernador: quedaste en evidencia —le dijo a Ender mirándolo a los ojos.

Y cuando sus manos de almohadilla arroparon por completo su manita de niña, a la chica del bikini se le desgonzaron las rodillas, se le humedecieron los ojos y los adentros se le llenaron de lágrimas. Pero el terror lo sintió cuando el dueño de la compañía sin soltarle el agarrón de la mano, le dijo al dueño del canal para que ella sintiera en el oído su ronroneó con aliento de depredador:

—¿Y de dónde sacaste este caramelo?

La misma frase con que unos años antes él mismo la recibió en su habitación de la mano de una señorita como Virginia, la vendedora de ropa, y donde la abuelita, prestando atención a la conversación con su cliente, se enteró de lo que era la depilación completa, las bondades de la parafina para la tersura de pies y manos, y donde supo de un salón en el que podrían hacerle en todas las uñas corazoncitos que hicieran juego con el cinturón del vestido que había escogido.

Las mismas carnes tiernas de niña que le hicieron perder la prueba fueron las que le ganaron una invitación especial a una de las celebraciones semanales del dueño de la compañía, de las que todos hablaban pero nadie había ido, porque él sólo invitaba a desconocidos para evitar que quedaran recuerdos comunes que compartir en el futuro. Fue ahí donde la chica del bikini escupió el sabor a malecón del caviar y le hizo arcadas al champán francés cuando todavía era una niña.

—Lo que es mío es tuyo —le contestó el dueño del canal saliendo en defensa de la chica del bikini—. Pero nunca nos hemos prestado el cepillo de dientes.

Sin reacción alguna, y dando a entender que no se hablaría más del asunto, el dueño de la compañía se sentó frente a los monitores a dedicarle toda la atención al documental sobre sus fincas de cultivo de caucho.

La chica del bikini se hizo lo más insignificante que pudo, agradeciendo que la oscuridad de la sala maquillara su lividez. Su salvador, el dueño del canal, la había conocido ya mujer, allá afuera, en la acera frente al canal. Él seguía usando el autobús como medio de transporte para mantenerse en contacto con lo que quería el público. Venía de caminar dos lentas cuadras entorpeciendo el ritmo de los transeúntes, mientras admiraba una vez más los murales cinéticos destruidos por los gritos contra culturales de los grafiteros.

—¿Que el guardia dijo qué?

El dueño del canal fue a la caseta y le pidió de buenas maneras al señor vigilante que saliera a disculparse con la señorita. Ya la sincera cadencia de la voz con que la rescató de su propia tristeza lo estuvo haciendo grande como un héroe; y en su caballo justiciero, se la llevó a los días en que su padre, con un susurro de autoridad, le devolvía el reinado de la casa, hacía retroceder el reconcomio de sus súbditos, y reinstalaba la paz en su ánimo entero con una suave caricia en la cabeza.

—Enseguida señor —contestó el vigilante.

Ella fue al canal con la intención de entrevistarse con el periodista Aristigueta y proponerle ideas de reportajes para el resto del país. Pero el guardia, siguiendo las instrucciones que le dio el dueño del canal, la llevó con el productor de la maratónica revista televisiva de los sábados.

—¿A ella me la mandó el dueño del canal? —le preguntó el productor.

Meses después, cuando ya era conocida por todos los televidentes del país como Caro Cruz, la chica voluptuosa que acompañaba al animador del programa sin decir una palabra, el dueño del canal la mandó a llamar a su oficina, y ella deseó que hubiera sido sábado para haber ido en un vestido bonito, más femenino, de esos con los que ponía a fantasear a los televidentes. No sabría a tiempo que estaba a punto de cometer el error de su vida, uno que al recordarlo le subiría los colores al rostro. Ella, ilusionada y agradecida, estaba dispuesta a dejarse llevar por él, como él quisiera, como cuando se baila el son. Pero el dueño del canal no se decidía a darle vueltas, no la paseaba por la pista, no jugaba a la danza con ella, y ella equivocó su falta de acción con la distancia propia de la timidez. Por eso, cuando el dueño del canal le dijo sin ambages que no era su amor lo que quería sino su ayuda femenina y buen gusto para escoger el regalo de aniversario para su esposa, la chica del bikini puso todo lo que tenía adentro para llevar a cabo la tarea.

Se fue a la época en la que todavía no se había cambiado el nombre a buscar en el puerto a sus amigos marineros, de cuando pasaba los días aseando las bordas de los veleros a cambio de horas de baños de sol que no le dejaran marcas del bikini, y con ellos, no sólo pudo hacerse de las revistas con lo último en decoración y moda en el resto del mundo, sino con los objetos mismos que presentaría orgullosa a la consideración del dueño del canal: furiosos guerreros chinos de terracota medieval, lotos florecidos de chocolate enchapados en oro comestible, réplicas de corsés de las bailarinas del Moulin Rouge bañados en la receta original de un perfume francés afrodisíaco, mitones de brazo completo bordados a la medida por gusanos de seda de Baghalpur, zapatillas bicolor de arlequines de Venecia, una mesa de comedor hecha de una rebanada de ágata de Madagascar con todos los azules del espectro.

—Ordene la rebanada y le ponemos todo lo demás encima —le dijo el dueño del canal con los ojos llenitos de esperanza, como ella quería vérselos.

En la sala de edición todo titilaba al ritmo de las imágenes en los televisores. Sacos de cemento sobrantes de la reconstrucción del canal seguían ahí, arrimados contra un rincón, recogiendo años junto a potes de pintura vacíos, un cementerio de grillos y una lagartija, visitante eventual que usaba el sitio como alacena. Todos esperaban atentos a la reacción del dueño de la compañía, quien observaba la nota informativa visual con la sonrisa congelada en el rostro. Nadie se movía, excepto Ender, quien llevaba la paleta de memoria en la mano, y se fue acercando a la computadora para insertarla y dejar que todos los asistentes en la sala se enteraran a un mismo tiempo de su contenido.

El documento, al abrirse, ocupó toda la pantalla de la computadora mostrando en una tabla de contabilidad una lista con las coordenadas que el periodista Aristigueta descubriría más tarde, eran todos los aeropuertos clandestinos que manejaba el dueño de la compañía.

—Excelente, cuando el señor gobernador del país vea esto me va a dejar seguir invirtiendo en el sector agropecuario, y luego, quién sabe, en comunicaciones, así me hace dueño de este canal.

—¿Dueño de mi canal?

—Tú seguirás al frente, es para tu bien, no te preocupes.

—No, no me preocupo.

Pero el dueño de la compañía caminaba hacia la puerta, muy complacido, intercambiando guantazos verbales con el dueño del canal, mientras los demás, como coro de malos actores en acto cultural de escuela primaria, lo seguían autómatas con sonrisas de mentirillas. Ninguno se volteó a mirar lo que les gritaba la pantalla del ordenador con su escándalo de luz azulada. Todos salieron de la sala y Ender el superhéroe se quedó adentro, solo, hasta que volvió el editor.

DOCE

El amanecer de un día de trabajo trajo hasta Ender el rumor blanco de la autopista. El golpeteo de las ollas de los vecinos lo sacaron del sueño mientras los niños gritaban porque no tenían suficientes hojuelas para todos en el cereal de la mañana. Sus desayunos eran pan duro ablandado con leche, como hace dos días, como ayer, como mañana.

—...y den gracias a Dios, además.

Somos una calle ciega, un cerro de sensaciones que se estrellan contra el paredón que cierra la salida. Algunas llegan para tomar residencia, otras nos habitan como un error afortunado, como el brillo fugaz de la nota que se le cayó al pianista. Sabes que ya se fue cuando la estafeta pasa a quien le toca después.

Ender se zafó con violencia del ahogo de la sábana haciéndola sonar como el latigazo de una vela al hincharse con el aire del mar. Uno de los gatos se asustó y volteó a mirarlo. Ender juntó las manos, entrecruzó los dedos, les dio vuelta y sin soltarlas, las empujó hacia el frente para hacerse chisporrotear los dedos y los codos. Repitió el triquitraqui rotando los tobillos. Otro gato se desperezó con la reverencia exagerada de una bailarina de *ballet*. Él se puso de pie de un salto y el piso le devolvió un "ta-tán" enmudecido que lo acompañó paso por paso hacia el baño.

Cada mañana Ender se enteraba del largo de la noche por la densidad del color de la orina que dejaba diluir en el pozo del váter. Abrió la ducha y el agua brincoteó y gorgoteó al estrellarse contra el piso. Se hizo caminos en el pelo con el chorro. Se hizo una casita de agua con la que se envolvió la cabeza con ruido de cascada sorda en los oídos. Intentó lavarse el mal aliento en la ducha para no tener que cepillarse y sólo un ataque de tos le sacó el agua de adentro de la garganta. Cada vez que se corta las uñas se promete no tardar tanto en volver a hacerlo, se convence de que ni es tan difícil ni los pies le quedan tan lejos. Lo bueno de vivir solo es que no hay por qué vestirse. Lo malo de vivir solo es que no hay para quién vestirse.

Su movimiento parece espantar la pereza de algunos de los gatos; los otros, ni le toman en cuenta. Abrió la puerta principal sólo lo suficiente para alcanzar el plato con agua que colocó para la perra. Quiso ver en el hecho de que estaba vacío una señal de que regresó, de que rondaba. A lo mejor se la tomaron los gatos. Ninguno de los gatos era de él. Así como él no era de los gatos. Ahí agachado, lo saludó una salamanquesa con un chasquido. Se le quedó mirando con sus grandes ojos de pupilas verticales esperando una reacción. Las ventosas de sus patas le soportaban vertical en la pared. El hueco por donde entraba el cable de la electricidad era su puerta a la casa. Y como truco de magia, por ahí mismo desapareció en un abrir y cerrar de ojos. Ahora estaba, ahora ya no estaba. "En casa de salamanquesa todo insecto es una presa". Sobre la mesa, el cigarrón del teléfono le avisó que tenía un mensaje. La resistencia de la hornilla eléctrica zumbó muy queda antes de ponerse roja. Los tazones de peltre tintinearon cuando los agarró del fregadero. Llenó uno con agua y dejó que al otro le corriera el agua para enjuagarle los pegotes de café viejo. Una escala musical de peltre subió con el agua hasta el borde del primer tazón y se repitió en el segundo. La hornilla soltó un sordo y largo "jum" de cable de alta tensión al sentir la taza encima y la taza contestó con un sonido de huevo friéndose al secarse la humedad exterior. Apretó el botón correspondiente, y luego de un sonido corto y tecnológico el teléfono dejó ver el mensaje: Caro Cruz quería confirmar que el equipo de cámaras llegaría a su casa en media hora. Si se hubiera arrepentido, debía contestar enseguida.

Vació el cono de tela en el basurero y el barro del café que coló la mañana anterior sonó como peso muerto al alcanzar el fondo. El dueño del canal le dio a Caro Cruz un segmento para aligerar la gravedad del noticiero y ella invitó a Ender a compartir "con todo el país" sus andanzas de superhéroe. La fiesta de burbujas reventando en la superficie del tazón que puso sobre la hornilla, le avisó que el agua estaba lista para ser colada. El cono de tela derramó un generoso chorro de aromático café recién colado, y se echó en el sofá a esperar a que la mañana terminara de escurrirse hacia arriba. «Está bien». A lo mejor el salir en televisión lo acercaría a su familia en el interior, le traería primos lejanos y hasta nuevos amigos.

Se deslizó en el traje de superhéroe y el frote sobre su piel hizo un escándalo en el silencio. Los gatos se levantaron uno a uno y con el andar grave de una manada en éxodo salieron a la terraza uno tras otro. Los había grises, pardos, blancos, negros, manchados, de ojos dispares, todos unidos en aquella misión, en aquel llamado repentino. Como leones enjaulados a quienes su cuidador les trae la comida, todos se dirigían a la misma esquina y, sin dudarlo por un momento, saltaban al vacío del piso de abajo. Golpeado por el asombro atávico que produce la conducta en masa, los siguió hasta la esquina y dio un salto atrás por el vértigo de la sorpresa al asomarse hacia abajo y comprobar que ya no estaban ahí. Ninguno. Ni rastro. *Se los tragó la tierra. O saltaron a otra dimensión.*

Al entrar de nuevo, por primera vez vio la casa como la hubiera visto Miranda: un desorden implacable que sólo pudiera haber tenido justificación como consecuencia de una catástrofe natural. «Mi amor, por favor, incluso cuando acaba una guerra, la gente recoge los escombros que quedan». Ender, con la culpa encaramada a caballo, fue recogiendo los zapatos de suela que sólo se ponía para salir; los calcetines negros que usaba para poder cruzar elegante la pierna sin mostrar las canillas, uno aquí y otro más allá; el archipiélago de hojas de periódico con que había tapado las puntos de pegote de leche que dejó por todos lados la gotera del tarro en que le servía al gato pardo; las cajas de pizza, con las que cada dos noches evitaba salir a buscar la cena y resolvía el desayuno del día siguiente; las latas de sardina arrastradas a lengüetazos de gato hasta lugares insospechados de la casa donde lo mismo te encontrabas con una fruta seca por la desidia, como con una mala hierba feliz y llena de esperanza. Encontró álbumes abiertos con fotografías que no recordaba, tirados sobre sillones, repisas, taburetes o en el piso, y uno a uno los colocó en su sitio siguiendo el patrón numerado que ella les dio. Puso en vertical los floreros tirados después de devolver a sus entrañas las canicas que habían vomitado al caer. Puso en sus puestos las botellas de detergentes, los limpiadores de cañerías, las pulituras de madera, los blanqueadores, los desmanchadores, todos desparramados por el piso como cuerpos de soldados abandonados en el campo de batalla. Rescató los cojines que él mismo dejó encallar en el piso después de haberlos usado de almohada en algún insomnio irreparable o para hacer espacio en el sofá por la misma razón.

—Los pones en la esquina del sofá para que se vean bonitos... —la escuchó decir con coqueta anticipación.

Él entró al cuarto y supo que lo primero que tendría que hacer era recoger la cama que ya tenía todo ese tiempo sin tender. Con la pinza de sus dedos tomó el vestido verde que mantenía desplegado en el lado de ella de la cama, y lo puso elegante sobre el taburete de junto. Con tanto tiempo de no llegar a las esquinas, la sábana que cubría el colchón tenía arrugas tan definidas como las de la palma de su mano. Su almohada era una pelota que salió envuelta dentro de la colcha; y la almohada de Miranda seguía planchada, confortable y fresca, tal y como Miranda la dejó. Ender tiró al piso el amasijo de la colcha y la sábana de arroparse y comenzó por su lado de la cama. Llevó las puntas de la sábana a las esquinas y con habilidad de enfermero les hizo el doble doblez que las mantendría bajo el colchón sin importar el movimiento de los pasajeros.

—Agarra esas dos puntas —le dijo Miranda. Y sin pensarlo dos veces y como lo hizo miles de veces antes, tomó las dos puntas de la colcha y entre los dos la colocaron sobre toda la cama.

—Una cama bien hecha viste todo el cuarto —dijo ella, y Ender, aturdido por el pánico de interrumpir el encanto, la escuchó hablar mirándola por el rabillo del ojo, mientras simulaba estar ocupado alisando una y otra vez una arruga inexistente sobre la colcha. Miranda olía a leche de almendras recién hecha, a esponjoso panqué de mantequilla, a un amanecer entusiasmado lleno de cosas por hacer.

—Oscuro. Susto. Ya no eres tú. ¡Nooo! Cerrado. Encerrada. Estás en el clóset. ¡Hola! Otra vez. No abren. Silencio. Zumbido. Inmóvil. ¿Qué es ese zumbido? Sola. ¿Dónde fueron todos? —Miranda no paraba de hablar y él no quiso detenerla.

—¡Mamá! —siguió Miranda—. ¿Por qué te vas? ¿Por qué me dejas? ¿Qué hice? ¿Qué hago? ¿Qué tengo que hacer? No hago nada. ¿Tengo que hacer algo? ¿Está bien que no haga nada? ¿Te espero? Voy a salir. Algo pasa. No pasa nada. ¿Qué pasa?

Sin mirarla, Ender buscó su teléfono para asegurarse de lo que ya estaba seguro: nadie lo había llamado.

—¡Mamáá! —dijo Miranda sin parar de hablar—. Sólo oyes el zumbido. Sólo eso. Tu corazón. ¿Su corazón? Los dos. A destiempo. Doble latido. Dos latidos. Uno. Tres. Uno. Dos latidos. El tuyo. El de ella. El de las dos. Las dos en un solo cuerpo. Luchan por un mismo clóset. Sácame del clóset. Me quieres fuera del clóset. Me quieres dentro del clóset. Decídete. ¿Qué quieres? ¿Qué? No pudiste sacarme. No pude salir. Me sacan. Abrieron. La luz. ¡Argh! ¡Vértigo!

Ender no sabía cómo seguir disimulando.

—Qué susto —dijo Miranda sin abandonar su discurso—. No fue varón. Ella lo siente. Tú lo sientes. Fuiste tú. Fui yo. Ahora somos dos. Nunca fuimos uno. Nunca fuimos dos. ¿Qué fuimos? Somos dos. ¿Por qué saliste? Te cegó la luz... ¡Qué miedo te dan los aviones! ¿Dónde se fue? Al baño. Son clósets. Voladores. Dolor de estómago. Qué sin sentido. Sin comer. No comiste anoche. ¿Hoy? Una empanada. Nada. Salirte de la rutina. Entregar el control. Susto. Eso no es dolor de estómago. Es susto. A las cosas por su nombre. En la casa. En el aeropuerto. En el avión. Ya. Para. ¡Paren...!

Ender se llevó las manos al abdomen. *En verdad que siempre tuve un estómago fuerte*, pensó.

—¡Mamá! —Miranda siguió—. ¡No cierres! De nuevo. ¿Por qué? ¿Te portaste mal? Te portaste bien. Lágrimas secas. Volando las lágrimas se secan solas. Surcos salados. Sed. Boca abierta. Comisuras estriadas. Mandíbula tiesa. ¡Qué miedo! Calor. Hace calor. Tienes calor. ¿Hace calor? Impacto. ¡Argh...! ¿Quién está ahí? ¿Estás ahí? Estás sola. No. ¿No? ¿Quién está ahí? Te siente. Te presiente. ¿Quién eres? ¿Qué eres? Háblale. Silencio. Es lo que das. Silencio.

Es tu respuesta. Esa no es una respuesta. La nada no es una respuesta. Pensar. Eso. Hay que dejar de pensar. No pensar. ¿Quién es? ¡Argh! La luz. No ves... ¿Eres la luz o la oscuridad? ¿Qué? Las dos cosas. ¿Las dos a la vez? Silencio. A callar. ¿Se puede pensar sin palabras? ¿Qué? No. Sin ellas no somos. No puedes parar. Es un torrente. Una corriente. Sin palabras... ¿Qué somos? Ladridos. Balidos. Berridos. ¡Meee! ¿Palabras? ¿Somos palabras? Eso somos. ¿No más que palabras? No menos que palabras. Asco. Detente. El torrente. No sigas. No puedes detenerlo. Sigue. Sin parar. Duermes y sigue. No se detiene. ¿Por eso en el principio, verbo? ¿Verbo? ¿Y él? ¿Está hecho de palabras? No de berridos. No de balidos. No de ladridos. ¿Entonces? ¿Quien hace las palabras es el creador? ¿Y él? Está hecho de palabras. Está creado por palabras. Es una creación de las palabras. Y cuando ya no esté yo, ¿quién pensará las palabras? ¿Quién va a crearlo a él? ¿Y el reguero de canicas en el cielo? Silencio. ¿Y todo lo que no es creador de palabras? ¿Silencio? ¿Y el resto? Sólo silencio. Sigue en el baño. Se tarda. Demasiado. Ya sal. Superhéroe. No existes. No existen los superhéroes. Sácate ese traje. Del cuerpo. De la cabeza. Crece. Hazte hombre. Busca un trabajo. Quejas. Ya. Déjalas. No más. Vístete. Trabaja. Vive. Ya. ¡Arre! Abre. No tires la puerta. No te vayas. La luz. ¡Argh! Ciega. Impacto...

Con un cruel portazo Ender encerró las burlas del espanto de su mujer. Se aferró a su rabia. Las nieblas del dolor desdibujando el recuerdo de su rostro.

Llegaron a conocerse tanto que llegaron a cambiar las largas conversaciones después de una aventura juntos en un simple tomarse de las manos, y luego de subir los hombros, guardarla en la memoria común lacrada con un beso. Tanto, que lograron tragarse la pólvora de las desavenencias antes de que se hicieran fogonazos; a deshilacharse los nudos de la incomprensión con los mismos dientes que podrían usar para imponerse; a deslavar con una sordera dulce el chillido de las mañas insoportables del otro; a disolver el mal humor en una sonrisa que enseguida se hacía común a los dos; a tener las mismas opiniones aun cuando estuvieran lejos; y cuando estaban cerca, a celebrar esas coincidencias en la gloria de una mirada cómplice.

Entre los dos eran una fuerza inabarcable capaz de enfrentarse felices a los estragos de la eternidad. Hasta hace nada eran dos contra el mundo. De un tiempo a esta parte, la vida se les había hecho demasiado grande.

Aunque él mismo se propuso creer lo contrario, debajo de aquel traje de risión todavía existía Ender. El hamburguesero Valmore Azuaje lo atisbó por un momento justo antes de que entrara, antes de que se pusiera la sonrisa de superhéroe, de que aguzara su poderosa vista de rayos X y se irguiera como si de su cabeza saliera un hilo que lo colgara del techo dejándole lucir su musculatura de goma espuma. Y así, ocupado en ser divertido, los ademanes de Ender permitían saber que desde niño fue demasiado ingenuo para llegar a ser adulto jamás.

Al entrar, Ender el superhéroe lo saludó con las cejas arqueadas: "a luchar por la justicia". Y desde muy adentro de sus recuerdos, el hamburguesero Valmore

Azuaje, apenas inclinó la cabeza y le sonrió con la mitad de la boca, *éste romántico Ender hubiera podido ser él, si su encuentro con Rosario Restrepo hubiera terminado como él hubiera querido.*

Rosario Restrepo se le incrustó adentro como un susto.

Valmore Azuaje estaba llegando al pueblo del litoral a bordo de la caravana interminable de autos que lo unía a la ciudad cada fin de semana largo. Una de las llantas no resistió más y a dos cuadras de la bomba de gasolina, se dejó estallar por un clavo viejo y oxidado. Valmore Azuaje terminó de estacionar a la derecha empujado por las bocinas impacientes de los compañeros de viaje:

—Ya, ya, yo también quería llegar temprano.

En la estación de gasolina, ella llenaba globos con helio para después correr de una bomba a otra, de un coche a otro, y darlos como regalos a los choferes. Llevaba un vaporoso vestido de capas, de esos que se saben fuera de contexto pero que se han cansado de esperar sus grandes ocasiones. Ninguno de los recuerdos inabarcables que vivirían juntos le quedó tan sellado en sus experiencias trascendentales como la visión de fantasía de Rosario Restrepo en su vestido de muñeca. Ella misma, de carne y hueso, sería quien más tarde iría a rescatarlo con un mecánico de la estación de servicio, tarde porque Valmore Azuaje ya habría puesto la llanta de emergencia pero igual se agradecía el gesto y la oportunidad de conocerla de cerquita. Refugiados en el aire acondicionado de la tienda esperarían juntos a que repararan la ponchada. Ella, dicharachera, le dejaría saber que se había casado, hacía rato ya, con el dueño de esa estación de servicio a quien Valmore Azuaje no recordaba haber visto nunca. A Rosario Restrepo la tenían que haber llamado la bachaco, no sólo por la energía con la que cargaba el día completo sobre sus hombros, o por las caderas de ágape y sus pechos menudos, sino por el casco de cabellos de espuma y el lanugo infantil que le mantenía la piel erizada. Tenía los ojos vivarachos, cada uno viendo algo distinto, y la voz aguda con un final astillado de tanto usarla para divertir a los demás. Valmore no le había mentido cuando se despidió de ella diciéndole «fue un placer». Pero igual conocer a la señora de la gasolinera del pueblo fue algo que él apreció en el momento y olvidó tan pronto salió de allí con su llanta arreglada.

Camino a la playa volvió a pasar frente a la gasolinera y vio al marido cargando gasolina, un vértigo maligno lo hizo estacionar al borde de la carretera para verlo encaramarse en su camioneta de trabajo y salir del pueblo rumbo a la ciudad. En la tarde, ya de vuelta, Valmore Azuaje, con el cuerpo lleno de sol y los ojos impregnados de trajes de baño femeninos, se detuvo a recargar combustible que no necesitaba, y como Rosario Restrepo no vino a entregarle su globo, él mismo fue hasta el tanque de helio donde flotaban todos amarrados en ristra, separó el amarillo, y con él en la mano entró risueño a la tienda a preguntar cuánto costaba. «No se venden», le contestó ella. «Son un regalo para mantener a los clientes contentos». Así que Valmore regresó a su coche, feliz, con un globo amarillo repleto de helio. Más tarde, cuando Rosario salió a ayudar a un cliente en una de las bombas, se dio cuenta de que el globo amarillo, además de estar otra vez en la ristra, llevaba dibujado un corazoncito.

Al anochecer, vestido de limpio y oloroso a 4711, Valmore Azuaje se detuvo en la gasolinera para asegurarse de que las llantas estuvieran infladas hasta la presión apropiada. No alcanzó a ver a Rosario. En la bomba no había clientes, sólo un par de niños flacos y sin camisa que jugaban a batear chapitas de refresco. Terminó con la última llanta y se puso de pie para encontrarse amarrado a la antena de su coche el globo amarillo, ahora con dos corazones superpuestos. Valmore lo desató con un aleteo en el pecho, caminó liviano hasta la tienda y al entrar se encontró con que no había nadie. De repente, todas las luces se fueron a un mismo tiempo y Valmore quedó a merced de la oscurana. Se abrió la puerta de la habitación cava y ahí lo esperaba ella, alumbrada por una vela y envuelta como una virgen en un poncho de lana. Rosario le regaló un amor risueño, de mujer desajustada, y entre amores, iba desnuda y saltarina arreglando comestibles en los anaqueles, como intentando ponerse al día con las tareas pendientes hasta que se daba cuenta de que él se había recuperado. En la madrugada, la puerta de la cava se cerró por fuera y volvió la luz. De allí salieron temblando un par de horas más tarde. Rosario tuvo razón en lo que dijo una y otra vez entre el castañeteo de sus dientes, el marido estaba de regreso. Pero no fue él, sino el mecánico, quien los encerró y esperó a que el marido se durmiera en la cama de la trastienda a donde fue a tocarle la puerta para evitar ir a la casa y despertar a la señora "a esas horas de la noche". Valmore Azuaje salió del pueblo de inmediato, con el juramento ante Dios de que volvería por ella tan pronto tuviera cómo mantenerlos alejados de los peligros de la pobreza extrema. Nunca volvió.

Ahora, viendo a Ender acercarse, el hamburguesero Valmore Azuaje supo que esa promesa tal vez no estaba rota, pero ya pasados doce años se convirtió en un montón de hilachas; supo que se hizo hamburguesero esquivando los zarpazos del amor hasta que el corazón le quedó seco como una pasa y se quedó sin hijos que con sus risas lo dejaran sordo al poderoso tintineo del dinero. El hamburguesero le agradeció a Ender que amenizara la fiesta de cumpleaños del día con una "doble carne con queso", y al verlo de mejor ánimo, se le salió ofrecerle un trabajo permanente, allí, con él, en la hamburguesería.

—Sí señor —le contestó Ender; pero el hamburguesero, convencido de que su respuesta sería "no", se lanzó con el discurso que tenía preparado.

—¿Qué? —le preguntó en medio de la perorata.

—Que sí. Que acepto. ¿Cuándo empiezo? —le dijo Ender con la boca llena.

TRECE

El dueño de la compañía abrió los ojos y no supo que acababa de despertar en su casa. Tampoco que ese sería el día en que por primera vez mataría a alguien con su propia mano. Afuera, la quietud del invierno suavecito de Latino América haciendo todo de colores escalofriantes. Su colcha de plumas era un mimo de plomo sobre su respiración de dormido. Su mirada en el techo desenfocado podía ser de cualquier parte. Hasta que notó los arabescos serpenteando incómodos por la bóveda extranjera, importados con dinero recién hecho. Su dinero. La bruma húmeda de la montaña se colaba sin ruido por las ventanas confiadas de par en par. Aquél era el desorden distinguido de un hogar con servicio de adentro. Ese mobiliario de naves Apollo alunizadas en un campamento espacial abandonado hecho pesadas mesas de noche, poltronas, y ese *chifonier*, él los conocía. Nunca antes se le pasó por la cabeza que llegaría a verlos como trofeos llenos de polvo. Pero él pagó por ellos. Mucho. Demasiado. Desde el baño le llegó el tintineo de los frascos de perfume tropezando con las cremas faciales. Este era su dormitorio. Estaba en su casa.

Su boca de trasnochado, un terciopelo reseco que no lograba suavizar tragando saliva. Buscó respirar aire nuevo y su nariz obstruida lo hizo sonar a carcajada de cerdo. Tosió. Tosió. Trató de respirar. No llegaba nada a sus pulmones. Se sentó asustado sobre el temblor de sus carnes sueltas de hipopótamo deshidratado. Los ojos hundidos en el dolor de su cerebro cansado. La mirada de aguas turbias típica de la mediana edad se le anegó de angustia. Los brazos, dos remos con los que chapoteaba por oxígeno. En un instante pasó a ser una masa que necesitaba ser tratada con cuidado. Por fin se le difuminó el acceso de tos y pudo respirar mejor.

Decidió que volvería a tomar vino barato. Los vinos de la casa no le traían esos malos ratos al día siguiente. Esos era los que tomaba cuando aún no llevaba canas en su pecho. Vinos que lo dejaban acostarse con la euforia de un César recién coronado y lo dejaban levantarse perdido pero lleno de vida en las tierras desconocidas de un nuevo día.

No podía achacarle su malestar a ninguna de las dos chicas de la noche anterior. Él mismo se había servido ese último trago. El trago que le hizo daño. El trago que le disipó los recuerdos. De lo último que se acordaba era de la chica que abrió la nevera. Una de las dos. ¿Cuál? También recordó el olor a congelado hecho un humo frío. El rumor blanco del motor vibrando con discreción por dentro. La otra chica curioseando los adornos de argamasa pintada de dorado y negro, las tormentas de alta mar de los pintores sin dinero rellenando el espacio en las paredes. La otra sacó la olla de ostras de la refrigeradora y la hizo un platillo volador con el que bailó por toda la estancia haciendo círculos rítmicos con sus manos de titiritera. La otra se sumaría para hacer un baile de tres. Entre las dos simularon el aterrizaje forzoso del platillo, que celebraron lanzándose como leonas a sorber las entrañas babosas de los tiernos moluscos.

La violencia de su tos lo sacó de sus recuerdos. Su esposa entró al cuarto con un vaso de agua. «Muchos negocios anoche», le dijo ella mientras él se lo atragantaba desesperado por salir de las resacas movedizas. A ella, la urgencia ajena le hizo deshacerse de la toalla que vestía al salir de su baño matutino. Hacía tiempo que no la veía así a pleno día. La luz pálida de su piel desnuda. Ya había pasado de princesa traviesa que se pintaba las uñas de los pies para parecer madura, a reina perenne de marcado gesto adulto. Sus areolas, una vez carruseles llenos de alegría contagiosa, se le apretaron de pura empatía. Él se tomó el vaso entero. El agua le lavó la resequedad de las entrañas, le humedeció los ojos, le aclaró las ganas.

En su confesión diaria frente al espejo se admitió a sí mismo que le aburría bañarse en su propio baño. Enfrentarse solo a lo lejos que la edad le iba poniendo los pies. A la lavada de las cavernas rellenas de grasa de sus canosos sobacos. A enjuagarse el lanugo áspero que la edad había hecho de su cabellera. Sí, prefería bañarse en la otra casa. Donde las carnes jóvenes eran siempre un temblor hermoso que se encargaban de distraerlo de esos pensamientos de viejo tonto con un baile de aplausos de nalgas lozanas mientras lo enjabonaban.

«¿Despediste a tu guardaespaldas?». Su esposa descubrió la pistola en el traje vacío que él mismo dejó tirado en el piso como la piel de un oso salvaje hecha alfombra de lujo. «Nop, el Kevin sigue siendo mi Sancho Panza, mi Robin, mi Chubaca». Pero a ella ya le habían pasado los tiempos en el que el humor le aligeraba el vinagre de los reclamos. «Bueno, yo no permito armas en mi casa, querido».

El pantano del jabón de afeitar. El olor a lavanda al hacerlo rabiosa espuma con su brocha. La dentera desapacible al pasar el rastrillo por la lija de su barba de un día.

Lo que más le gustaba de su casa era su clóset. El orden impecable con el que podía mantenerse gracias a su diseño. La colmena de madera en las gavetas de los calcetines. Los ganchos integrados, unos para las camisas, otros con tubo corrugado para que los pantalones no se deslicen. Sin aristas. Curvilíneo y suave como un cuerpo deseable. El olor francés que le daba a toda la estancia los saquitos de perfumadas hojas secas sembradas por sus rincones. Las luces dentro de los cajones dándole a todo una prestancia nunca vista en ese país.

Prefería su apartamento porque era el dueño. Tener poder es poder hacer lo que te da la gana como cuando estás solo, aunque estés acompañado. En su apartamento podía disfrutar de salir desnudo del baño sin sentir vergüenza por su cuerpo de morsa. Pararse frente al ventanal desde las alturas de la montaña a ver el pulular sin sonido de las ocho millones de hormigas mientras las gotas que le escurren por el cuerpo se le van secando con las caricias frescas del aire acondicionado.

Tomó las llaves, la billetera, el reloj de oro, las gafas oscuras y salió al sol rumbo a su camioneta blindada. El embutirse en un traje de dos piezas, más corbata y zapatos de vestir bien lustrados le daba un aura de clásico sin edad que lo reconfortaba. Los vidrios negros. La 45 en la guantera. La Uzi bajo el asiento. El maniquí en el asiento del copiloto para despistar. El falso olor a nuevo del espray para tapicería de cuero. Él siempre sentado detrás del asiento del piloto porque era el sitio más seguro de cualquier auto. La mirada del chofer en el espejo retrovisor. Los surcos de sembradío en su peinado de crema. Su único traje de vestir. Raído. Los zapatos de suela con patas de gallina disimuladas con betún.

—Tú eres evangélico, ¿verdad? ¿Por qué hay tanto evangélico ahora, Kevin?

—Hay que ayudar. Nuestra misión es prepararnos y ayudar a todos para el segundo advenimiento. Para cuando el mundo ya no esté dividido. Para cuando dejemos de orar cada uno por su lado. Vamos a seguir siendo moléculas por un rato pero al final la humanidad volverá a ser una familia universal. Para mientras, cada uno sigue la guía de un hombre. Queremos llegar a entender con el cerebro por qué hay un solo padre. Y eso no se puede. Pero un día creeremos y ya. Seremos criaturas totales. El mundo será total.

—Amén —dijo el dueño de la compañía y el chofer le contestó con una sonrisa buena antes de confirmar el destino.

—¿A la oficina, licenciado?

—¡A la oficina!

—Licenciado, llamaron del Palacio de Gobierno. Dijeron que el doctor Hernández no va a ser condecorado.

—Ratas, no me llamaron a mí porque quieren que primero les deposite el pago de la condecoración.

—Ya el Mono está avisado, licenciado. Depositará de un cajero automático.

—¡Eres grande Kevin!

—Parece que el doctor Hernández opinó en público que lo normal es que la esposa ejerza de primera dama, no la hija.

Para el dueño de la compañía, eso que él y Kevin llamaban oficina era el pretexto de un destino que le servía para apaciguar la curiosidad de los demás. Un lugar de su mente donde iba cada día cuando entraba en su camioneta. Lo que hacía es lo que hace un ranchero con sus tierras. Pasear sus campos. Comprobar que las vacas lecheras estén pastando. Que el ganado de carne engorde hermoso. Que las semillas estén germinando. Que los muladares estén llenos. Que no haya oportunidades perdidas. Que las fronteras de lo suyo estén bien demarcadas para los demás. Que sus arcas sean rellenadas cada mes con su prosperidad. «Tú no eres evangélico todo el tiempo, tampoco, ¿cierto Kevin?». Le preguntó el dueño de la compañía y lo vio al Kevin reírse con los ojos a través del antifaz del retrovisor. Al Kevin se le hacía difícil voltearse para ver de frente a su jefe. Su cuerpo de lucha libre embutido en aquel traje de oficinista mal pagado lo hacía enterizo como una iguana. «Eso es cierto, licenciado. Yo creo en Dios cuando no estorba».

La camioneta en la que navegaban el tráfico embravecido tenía tres líneas de asientos, ocupaba el espacio de dos carros puestos uno detrás del otro. Lo que la hacía un navío especial para todo el que la veía. Y quien no sabía la carga que transportaba aquel buque metálico era porque no tenía ninguna importancia. «¿Desayunaste?». «Ya estamos a dos cuadras de doña Norah, licenciado».

La buseta de veinte puestos con los destinos escritos a mano. El policía dirigiendo el tráfico en su traje de banda estudiantil. El contabilista en su uniforme universal: camisa crema pálido de mangas cortas metida por dentro de pantalones marrón café y corte de pelo de muñequito de lego. Las motos, yeguas pura sangre nerviosas en puerta de salida, mordían inquietas la cebra frente a la luz roja del semáforo. Todas a la cabeza de la serpiente de tráfico. «Sus empanadas de cazón, licenciado». «Gracias, doña Norah. ¿Todo bien?». «Ninguna queja, licenciado». El dueño subió el vidrio y la luz encandiladora volvió a ceder en la cabina. «Ahora vamos a donde Giussepe, a que nos recorte el cabello y nos vuelva a contar que se divorció hace dos años». El balbuceo de quien habla con la boca llena de comida caliente. El olor a frito de las empanadas recién hechas. La cobija robada a una aerolínea fungiendo de babero. La bolsa de estraza, servilleta improvisada, brillante de aceite exprimido a mordiscos al bocadillo. «Pero que se monte aquí con nosotros». «¿Seguro, licenciado?».

«Después mandas a lavar la camioneta». «Es que habla tanto, licenciado». «Por eso, entre los dos lo callamos».

La sonrisa enfriándosele en el rostro. El vacío de la familiaridad con un empleado. La soledad de tener siempre la razón. El dueño de la compañía volvió a recostarse al respaldar del asiento. Su mirada perdida, la quijada levantada, la boca en pucherito de adolescente malcriado haciéndose el importante. «¿Tú naciste aquí, Kevin?». «En un pueblito afuerita de la ciudad, La Inmaculada, licenciado». «Yo no soy de aquí. Mi padre resultó que no era mi padre. Su esposa no era mi madre. Así que no sé a quién salí». «No, licenciado. Usted es uno de nosotros».

Afuera, la calle era suya. Las zapatillas deportivas. Las ligas de amarrar documentos. Las suelas de las botas de trabajo. Los guantes de cirugía. Los globos aerostáticos. Los condones. Los trajes de silicona. Los selladores. Los chicles. Las llantas de los autos. Las monturas de sus máquinas. Los limpiaparabrisas. El sellado completo de los autos. Los cinturones de seguridad. «¿Ya sabemos cuánto vale el caucho, hoy?». «En cinco minutos abren la Bolsa de Nueva York, licenciado». «No estaría mal darse otra ronda por las finquitas de caucho». «Sí licenciado». «Al final de la semana». «De acuerdo, licenciado».

Las dos iban caminando por la acera uniformadas de ir al colegio. Lo mini de sus faldas de cuadros, el latigazo hollywoodense con que arqueaban sus cuerpos al echarse hacia un lado y hacia el otro sus largos cabellos con la mano abierta, las bocanadas de pececito con que botaban el humo de sus cigarrillos recién encendidos. El dueño de la compañía estaba tan embelesado con la escena que no logró escuchar el repique del teléfono. «Licenciado, lo llamaron para avisarle que usted sería el condecorado esta tarde con la Orden General Ramiro González por sus distinguidos servicios prestados a la nación». «No te burles, Kevin». «No, me burlo, licenciado. Eso fue lo que dijeron».

Las vio desde lejos en el parque. No era hora de ir por las calles uniformadas de escuela. Despedían el travieso olor de las fugadas de clase. Las muchachas lo atrajeron como cuando él tenía doce años. Él cabalgando la ciudad en su bicicleta. La grasa de la cadena fría en su pantorrilla desnuda. El pecho un fuelle enfurecido buscando aire. Las sombras de los árboles dibujando archipiélagos en el suelo que él conquistaba a toda velocidad. Un cura que pasó cerca lo saludó con respeto, «écheme la bendición, padre», «Dios lo bendiga y lo devuelva a clase», «sí, padre». La clase de conversación que le aprendió a su padre y que siempre le ayudaría a ganarse la vida. El recuerdo del encuentro con el religioso lo volvió a la realidad. «Para un momento, Kevin, hablemos con las chicas. ¡Oigan! ¿No quieren que las lleve?». Las chicas urgieron el paso como si estuviera empezando a llover. La insistencia del licenciado fue decorada con un par de bocinazos rítmicos del Kevin. Las chicas se miraron entre ellas y rieron con la sorpresa de a quien agarran haciendo una travesura.

—Muy tímida, tu amiga.

—Tenía clases.

—¿Tú no?

—Ella tenía laboratorio, es difícil escaparse.

—Súbale a la música, Kevin, que tenemos visita.

La cartera dorada que él se sacó del bolsillo con cigarrillos extranjeros. La música que le temblaba en los párpados y en el estómago vacío. Los vidrios negros que desde fuera no dejaban ver nada y desde dentro dejaban ver todo más lindo. El espacio adentro, grande como el cuarto que ella compartía con la hermana. El teléfono de sala puesto entre los dos asientos delanteros. Las escamas de cuero viejo del asiento pellizcándole los muslos desnudos. El dueño de la compañía le acarició los cabellos desde la parte de atrás de la cabeza hasta el cuello. Ella sacó la barbilla hacia adelante, altiva como una *femme fatale*, y mirando hacia fuera, le lanzó volutas de cigarrillo a todo el mundo. El chorro de humo dispersándose por todos lados después de pegar contra el vidrio. Ella estremecida por las cosquillas en el cuello.

El maletín de médico de Giusseppe lleno de tijeras, peines, cosméticos, toallas, máquinas a batería, los espejos portátiles. La sonrisa forzada cuando supo que la chica no era hija del dueño de la compañía. La felicitación grandilocuente al enterarse de que iba camino a recibir una condecoración. El minibar que abre a cualquier hora. La celebración que comienza. Opera que secunda el barbero y entra el dueño de la compañía y armoniza. La ventana en el techo abierta para dejar escapar el ruido envuelto en humo. Los últimos compases de la canción que terminaron con un acceso de tos del ganador de la condecoración. Las risas pregrabadas de los cómicos malos de la televisión. El condecorado potencial que continuaba ahogado. Los largos segundos con la boca de ballena abierta buscando un cardumen de oxígeno. El rojo intenso del rostro que pasó a azules. Los ojos de asombro muerto de un pescado sobre hielo. El tiempo detenido de un grito en silencio de una pintura de batalla de campo. El suspiro desesperado del primer aliento. La urgencia de hienas acercándose para enterarse si seguía siendo crítico su estado. El rechazo enojado del afectado por su necesidad de espacio, como si así pudiera haberse hecho de más aire por centímetro cuadrado. «¿Listo Giuseppe?». «Listo señor». «¿Dónde te dejamos?». «Aquí mismo, señor».

Un grupo de helicópteros de doble hélice cruzó el horizonte del valle de la ciudad. Todos voltearon al cielo. El Kevin pulsó el botón de *eject*. El equipo de sonido escupió el *cassette* grabado por El Fantástico, un *disc-jockey* profesional con lo último en música. El sonido magnético del amplificador vibrándoles en el cráneo mientras pasaba de una emisora a otra. Todas las radios devolvían un mensaje de tragedia vestido con la solemnidad de la música culta. «Ya Kevin. Déjalo en una emisora. Ya volverá a la normalidad».

El sonido electrónico de un despertador barato. La curiosidad sonriente de la colegiala. El Kevin que se lleva al oído un objeto parecido a un control remoto de televisión. El dueño de la compañía mirando por la ventana. El puño en la barbilla. El ceño en la frente fruncido. Su reciente corte de cabello. La ciudad al mismo ritmo, al mismo compás. El tráfico lento, sólido, una estampida de elefantes en una calle tan estrecha como las de un pueblo de Italia. La gente caminando con la resolución falsa de quien tiene un destino. Tejiendo con sus caminos sin huella el legado inútil de un manto invisible.

—Licenciado, los medios quieren entrevistarlo.

—¿La prensa?

—Televisión también.

—Que vengan aquí.

—Eso les digo.

—¿Eso es un teléfono?

—Sí, mi niña. ¿Tú tienes teléfono en tu casa?

—Mi tía.

—Si me das el número yo te puedo llamar y nos podemos volver a ver y salir por ahí a pasear y hacer compras o lo que tú quieras.

—¿Puedo llamar a una amiga?

—Cuando estás conmigo tú eres la reina.

—Gracias.

—Con una condición.

—¿Cuál será?

—Tienes que ayudarme a escoger una corbata.

—¿Cuándo?

—Ahora mismo, vamos camino a mi condecoración.

—No sé si nos da tiempo de ir de tiendas.

—Bueno, entonces les decimos que vengan las tiendas para acá.

La sonrisa de juguetona disculpa. La tapeta mal planchada montada sobre los botones. El sarro incipiente de niña malcriada. Los jalones a la falda para disimular las picadas de zancudos. Los calcetines blancos dobladitos por debajo de los tobillos. Los pies inquietos mostrando el tono de sus piernas. Sus ganas de parecer más madura, de llevar la iniciativa, de saberse en control. Como si todo aquello le hubiera pasado mil veces. Mirándolo a los ojos, sonreída, mientras lo agarraba con toda la mano como si fuera un trofeo. Su lengua ancha como un trozo de carne cruda. La boca abierta tan grande, tan grande, que se le estriaron las comisuras y al día siguiente le dolería la mandíbula.

—Yo pensé que tenías mil corbatas.

—Tengo varias pero quiero llevar la que escojas tú.

—Bienvenido, señor periodista, le presento a la niña más linda del mundo.

—Mucho gusto, Francisco Aristigueta. ¿Cuál es tu nombre?

—No quieres saber su nombre. Ella no está aquí.

—Claro que no. ¿Cómo se le ocurre?

La entrevista ya estaba escrita. El Kevin le dio al periodista el manuscrito impreso. El resto fue un recuento de los rumores que le trajo de regalo el escritor de noticias. Que gobernar en miedo es gobernar en soledad. Que las sombras que no fabrican los demás las fabrica el propio gobernador. Y cualquiera sea el caso, los sustos son genuinos. El rostro amigable se confunde con el rostro disimulador. Los primos se multiplican y los enemigos desaparecen detrás de tanto parentesco que se necesitan consultas con el diccionario. Viejos amigos olvidados se presentan como los más grandes admiradores. Los lectores de runas, de restos de hojas de té, de figuras en los sedimentos secos de una taza de café. En las arrugas de la sábana al levantarte. En los remolinos que trajiste en el cuero cabelludo al nacer.

El gobernador quiso estar a solas. Se fue a un fuerte militar en una isla lejos de la capital. Los pensamientos se le desordenaron ubicando quién era quién. Y buscando en el laberinto de sus sesos se le colaron entre las esquinas los que querían arrebatarle el poder. Como si él no hubiera sido generoso dejando que cada uno tuviera su piñata llena. Como si él no se hubiera hecho el de la vista gorda. Como si no les hubiera puesto el mundo a su nombre. Como si no les hubiera regalado inmunidad internacional. A cambio de algo muy fácil de entender, de delimitar. No a cambio de dinero. No de propiedades. No de lujuria. Les dio todo eso a cambio del poder absoluto de la nación. Nada más. Y esa nación los incluía a ellos.

Pero el gobernador no tenía amigos en la clase alta. Y la clase alta no necesitaba dinero, ni propiedades, ni tampoco todo el poder. Sólo el suficiente para seguir explotando a todos por más dinero, nada más. Y el gobernador les había quitado hasta el puesto en los hangares donde estacionaban sus *jets*. Y mientras él estaba en la playa meditando sus próximos pasos con estrategias garabateadas en la arena. Se le metieron en palacio. Le sacaron la ropa de los clósets y, junto con el televisor, la caja del cable, los discos de música y las llaves del carro. Tiraron todo por la ventana para que fueran a estrellarse allá abajo, al barrio de pobres donde pertenecen, junto con él, y del que nunca hubiera salido de no ser por la conciencia sucia del gobernador religioso que estuvo antes y que le perdonó una falta de respeto grave que se pagaba con cárcel. Ahí fue donde aprendió que con castillos de arena se aprende a soñar, a ensayar una y otra vez a cómo llegar a ser gobernador, no sólo en vida sino hasta más allá de la muerte.

Por eso la gente común se sintió de nuevo con fuerza. Y con la música culta de las radios como llamado, salió a las calles. Salió del hormiguero. A caminar a un mismo ritmo. A llevar pasos al unísono. A hacer la percusión de la cinta sonora de aquel acontecimiento. Las puertas de los comercios se fueron cerrando como párpados cansados buscando una siesta. Para darle a sus dueños la libertad de salir a caminar con los demás. Para dejar a los empleados ser caminadores como los dueños. Y los apartamentos de las ciudades se fueron vaciando de gente. Y los edificios se quedaron solos, como colmenas de avispas en invierno. El tráfico, oxidada noria de una fábrica en ruinas, se detuvo. La gente se bajó de los autos, de las busetas, de los autobuses, y venían marchando. Sin desorden. Sin violencia. Pero al dueño de la compañía le pareció que alguien de los que venía caminando entre las venas que dejaban las filas de carros, traía un arma. Él había visto el brillo del metal. El brillo de la rabia en los ojos de su dueño. La travesura de ir contra el armatoste más arrogante en medio del tránsito. Una camioneta con ínfulas de yate, de edificio con helipuerto, de fortaleza rodante con torres en las esquinas y caballero andante.

—¿Por qué te quedaste callada…

El dueño de la compañía volteó a mirarla por primera vez. Su intensidad dejó en silencio la cabina. Su rostro de niña traviesa esperando una reacción. Su expresión de mujer en control. Su mano haciendo serpentinas con un bucle de largo cabello. ¿Magaly? ¿Lorena? ¿Vida? No se le ocurrió cómo pudiera llamarse.

Su piel quemada por el sol. Él también pasó mucho tiempo en la playa cuando era chico. Flotando cabeza abajo por horas. Pescando. Cuando los peces alcanzaban a esconderse por mucho rato, llegaba a la casa con fiebre cutánea, pero con la comida para la cena de todos y el almuerzo del día siguiente. En casa lo salvaban de las llagas de las quemaduras con emplastos de aguardiente y harina. Eso fue en su primera vida. Allá, en el país miserable de su infancia.

El dueño de la compañía volteó a ver a todos. Nadie se movió. Evitaron reaccionar. Se quedaron suspendidos en el tiempo hasta que se forzó a sonreír. Todos reaccionaron sonriendo abochornados. Agradecidos porque volvían a estar en sintonía. La calma volvió a la cabina.

—¿A ti te gustaría cambiar algo en tu vida?

Ella dio un saltito de contento en su asiento. Volvía a tener su atención completa de nuevo. El suave sudor de sus muslos desnudos adheridos al cuero del asiento. Sus manitas de colegiala abiertas entre el final de la falda y sus rodillas. Sus hombros hacia delante arqueando su torso por completo. Mirando por la ventana al mismo tiempo que sonreía con la boca abierta mordiéndose la punta de la lengua con los puntiagudos caninos del lado que él la viera.

—No sé —contestó ella y se rio como la niña que era.

La gente seguía pasando por los lados de la camioneta. Caminando. Los primeros rostros apresurados por la curiosidad fueron cambiando a rostros preocupados, a rostros molestos, a rostros con miedo, a rostros trágicos. Rostros que en unos pasos más se esconderían de las cámaras y las bombas lacrimógenas, envueltos en las camisetas de sus dueños. Las filas de autos apenas se movían. Si el Kevin apagara el estéreo por un rato escucharían lo que estaba pasando en la calle.

Uno de los transeúntes puso la mano en el vidrio amenazando con ponérsela sobre la cara a la chica. Ella cerró los ojos del susto. La mano pegada como un pulpo a un centímetro de su rostro. La sonrisa sardónica de su dueño. Alguien más colocó su mano. Todas las ventanas de la camioneta comenzaron a llenarse de manos. Ventosas burlonas mostrando su desdén. Comenzaron a bambolear la camioneta. El dueño de la compañía desabrochó la sobaquera y empuñó el arma con la mano derecha, pero la mantuvo escondida debajo del saco.

El tráfico a su alrededor estaba detenido. La gente tomó la camioneta como objetivo. El dueño de la compañía bajó la ventanilla de su lado. «¡Qué pasa, pues! ¡Caminen por la acera!». Una de las manos le cruzó la cara de un sonoro cachetón. Sintió un montón de agujetas alumbrándole la cara. Se le humedecieron los ojos. El insulto les hizo dar un respingo a todos en la cabina pero tal vez fue el resuello de susto de la niña el que encendió su furor. Sacó el arma por la ventana y disparó al cielo. La gente retrocedió. La camioneta al centro. Él subió la ventana. No tenían para dónde ir. La calle parecía un gran estacionamiento. Autos delante, detrás, a los lados. Parachoques contra parachoques.

Dentro de la cabina todos volteaban de una ventana a otra. «¿Qué les pasa?». «¿Nos bajamos?». «Afuera está peor». «Yo me confundo entre ellos y me escabullo». «Antes te agarran». Los transeúntes en jauría volvieron al ataque. Un canto surgió espontáneo para acompañar el ritmo con que bamboleaban la camioneta. «Nos quieren voltear». «No podrán». Afuera les respondía el cántico, *"Uno, dos tres. Se van. Se van. Se fue"*. Con cada repetición el ritmo de la canción aumentaba. Igual el vaivén crecía.

El dueño de la compañía comenzó a descomponerse. Las manos frías. Dolor en los globos de los ojos. La cabeza le dio vueltas. Levantó el botón del seguro de la puerta con su mano izquierda y en un solo movimiento casi maquinal, la abrió con todas sus fuerzas. Tres de los atacantes cayeron hacia atrás. Mostró el arma y volvió a disparar al aire. La gente retrocedió, pero uno de ellos llevaba un bate y se le abalanzó. El dueño de la compañía agarró el arma con las dos manos y le disparó en la cabeza al atacante.

El dueño de la compañía creyó que las fuerzas se le escaparon para siempre, pero se dio cuenta de que las recuperaba después del disparo. El hombre no llevaba nada en la cabeza. Ni un sombrero ni una gorra ni un pañuelo. Sus cabellos ensortijados se le empaparon de sangre. Como no era un hombre alto el tiro le alcanzó en la línea del cabello y siguió arrastrándose por todo el cráneo salpicando masa encefálica. La víctima lanzó un gruñido muy débil y perdió el equilibrio. Lo único que alcanzó a hacer fue llevarse la mano al ojo que se le reventó con el impacto. El bate que erguía rebotó de punta con un sonido seco, dio una vuelta en sí mismo hasta golpear otra vez el piso con la empuñadura para finalmente rodar hasta apenas tropezar contra la llanta delantera de la camioneta.

El dueño de la compañía apuntó al transeúnte más cercano. Apuntó al de al lado. Apuntó al del otro lado. Y a otro. Y a otro. Nadie se movió. La víctima cayó de rodillas desplomándose en la calle, estrellándose de cara contra el pavimento. Hizo un tiro más al aire y la gente se dispersó definitivamente. Se inclinó sobre la cara del hombre. Estaba muerto. La parte izquierda de la frente había desaparecido. El ojo izquierdo le colgaba de la órbita vacía. El rostro estaba rígido y desfigurado por los arqueos de la agonía.

El dueño de la compañía se asomó a la cabina procurando no tropezarse con el cadáver. El Kevin se apeó alerta dando vueltas alrededor de la camioneta con una ametralladora. Ninguno se dio cuenta en qué momento se fue el periodista.

—¿Tú sabes cómo se llama? —le preguntó al Kevin.

—Aristigueta, yo me encargo.

—Llama a Macuto, que se encargue.

El dueño de la compañía tomó de la mano a la chica.

—No lo mires.

—¿Dónde vamos? —le preguntó ella.

— Nos vamos caminando.

—¿Adónde?

—Al aeropuerto.

CATORCE

Macuto perseguía a Ender con su mira telescópica. Ender bajaba su cólera a zancadas de dos escalones por la larga escalinata. Macuto, repantingado en el asiento de atrás de una destartalada chatarra que compró para la ocasión, tenía apoyado el largo cañón del arma en el respaldo del asiento delantero. Por fin, logró emplazar la cruz de la mira en el pecho del superhéroe. Posó el índice en el áspero metal del gatillo. Pero Ender se le fue de la mira. Macuto abrió el otro ojo y se dio cuenta de que Ender se había agachado a hablar con una niña. La madre de la criatura se acercó sonriente. Macuto se asomó a la mira y vio a Ender hablarle a la pequeña con la pose de cuclillas de los superhéroes y los ojos llenos de miel, los mismos ojos que usaba Macuto para hablar con su hija.

Macuto no supo hasta muy tarde lo mucho que se arrepentiría de haber llevado a la perra de Ender a vivir su casa, pero no tenía mejor manera de tenerla vigilada hasta que pudiera usarla como anzuelo. Cuando llegó se podían contar los huesos en el piano esquelético de sus costillas. Entró al apartamento nuevo de Macuto como perra por su casa. Perseguida por la algarabía de los niños fue directo al balcón, donde le habían puesto un plato inabarcable de comida. Los niños se quedaron a verla comer hasta que cayó la tarde, hasta que se hizo de noche, hasta que salieron las criaturas y ya hartos de sus súplicas, Macuto y Manzana Carrasquero de Antúnez se levantaron del quinto sueño y los hicieron caminar en puntas de pie cuando los llevaron a la cama a cada uno por una oreja, «a mirar a la pared, que mañana será otro día». La glotona de la perra trató de matar el hambre de una sola sentada y no dejó de comer hasta que alguien, por equivocación, dejó la cortina del balcón abierto y el televisor de la sala encendido. La perra sustituyó entonces una adicción por la otra. Se puso tan gorda que por meses tuvo que ver la televisión desde el balcón, hasta que el régimen de telenovelas superlativas, sangrientos noticieros prefabricados y los maratones interminables de Lassie lograron desinflarla lo suficiente como para pasar por la puerta y poder sentarse frente al sofá como otro miembro de la familia.

La primera vez que Macuto vio a Ender con el traje de superhéroe fue en televisión. La hija de Macuto estaba jugando muñecas con el televisor de fondo. Ella, como siempre, iba vestida de rosado. Desde los zapatos de plástico de medio tacón, pasando por los calcetines que al alcanzar los tobillos florecían en encajes rosados, hasta la falda llena de vuelos que al llegar al torso daba paso a un ceñido leotardo de tafetán brilloso y rosado que hacía juego con la diadema con arabescos de vidrio en miniatura, formando su corona de princesa rosada. Jugaba con la muñeca princesa a la que su mamá, recién llegada del hospital con el riñón recién comprado, le había confeccionado una catorcena de hermosos vestidos, todos rosados. «Una princesa como tú, mi amor».

El hijo de Macuto, en arrobo, veía a su madre en casa después de tanto tiempo. Sana otra vez, ágil y sonriente, jugando "oh-ah". Lanzaba una pelota contra la pared y mientras rebotaba y la atajaba representaba la acción recitada: *"palmada adelante, palmada detrás, doy media vuelta, doy vuelta entera, con la mano en la cabeza, con la mano en la cintura, revolviendo el cabello, poniéndome pintura..."*

Entre comerciales la televisora presentó los avances de "un reportaje gracioso" que Caro Cruz le había hecho a "un personaje muy especial de la ciudad" y perra comenzó a ladrar y a sonreír y a mover la cola y a caminar de un lado a otro. Macuto la agarró entre sus inmensos brazos y con ternura de cachalote le acarició a golpes en la cabeza mientras veía al superhéroe con un pinchazo de empatía. Ahí estaba Ender, embutido en ese traje azul y rojo con su sonrisota confiada de superhéroe... Y en el segundo siguiente, ya sentado en la poltrona de invitado, se le veía encorvado por el peso de la timidez en la conversación abierta.

Macuto recién había sentido el sismo de la viudez en los amagos de partida de su mujer. Había vivido la ansiedad de querer devolver todo a su sitio mientras la tierra se le sacudía haciendo castañetear todo con un ruido ensordecedor que le alargaba tanto las noches que lo ponía a parpadear arena al día siguiente, y al siguiente. Hasta que un día se sorprendió retoñando en medio del invierno, y como los marineros, se acostumbró al vaivén de altamar, a no cambiarse de ropa, a resolver lo imprescindible y a bañarse con la bruma fresca con la que la brisa le ponía una sonrisa en el rostro aunque luego se le secara para darle en la cara pellizquitos de cura querendón.

"¡Trac!", resplandeció el sonido como si fuera un balazo y todos en la avenida agacharon sus cabezas.

Con la explosión, Macuto volvió a la realidad. Un autobús lleno de letreros anunciando sus destinos había aplicado los frenos ante el comando de uno de sus pasajeros: «Me deja donde pueda...», y un destartalado Renault 4 con la carrocería llena de calcomanías jipis tuvo que bajar de la cuarta velocidad a la segunda sin hacer el natural paso por la tercera. "¡Trac!".

Macuto escogió aquella avenida por los mismos motivos que los conspiradores eligieron la calle donde asesinaron a Kennedy: tiempo para ponerse a cubierto. Aquel era el mejor punto para crear la mayor confusión de autos y transeúntes despavoridos por los disparos, por la caída al piso de un cuerpo humano abatido, un superhéroe para más señas. Tiempo precioso que él usaría para pasarse al asiento del chofer y alejarse tranquilo en su chatarra anónima escuchando algún concierto relajante en el estéreo. Pero no fue así.

Oculto en el bullicio de la hora pico, Macuto vio bajar a Ender enfundado en su traje de superhéroe. Observó la atención exagerada que le prestaban sus compañeros de tránsito de la escalera, las sonrisas de simpatía, las risas de burla, las miradas disimuladas, las miradas inquisitivas, las miradas hastiadas, y Ender, el superhéroe, respondía a todos con una sonrisa prestada. Ender llegó a la esquina y se irguió orgulloso al entrar en el halo de luz de un invisible seguidor gigantesco que sólo él veía. Comenzó a hablar en voz alta y se hizo una visera con la mano en la frente para ver a su público. Su vestimenta, entonces, dejó de ser un disfraz y lo hizo parte de "el *show* de la esquina", como lo llamaría Caro Cruz en la entrevista que haría a "Ender, el superhéroe" y que Macuto vería más tarde desde la comodidad de su sala. La cámara de televisión quiso mostrar con candor la escena, pero el encuadre hizo más grande la mueca de ausencia de los improvisados saltimbanquis de caras cenizas con los que Ender actuaba en el semáforo; más profundas sus miradas de santos en plegaria apenas tapados por remedos de vestimenta; más ridículo lo que intentaba ser entretenimiento: el lanzamiento de escupitajos de gasolina encendida en fuego, las fallidas coreografías con hula-hula, las demostraciones cómicas de fuerza con rutinas de cuatro lagartijas mínimas que pretendían pasar por un acto temerario de circo.

De ninguna parte, un niño se materializó como un vaho de aliento en una vitrina, y con la agilidad de un felino tomó la correa que sostenía la bolsa con insignias falsas de una marca lujosa, la hizo resbalar hasta que alcanzó el codo de su señora dueña, y le picó la cintura con el índice para que las cosquillas le abrieran los brazos. La señora logró gritar que le robaron cuando ya el niño pantera había dado siete pasos en su huida.

Macuto siguió al niño por pura curiosidad pero la mira telescópica le quedó siempre ligeramente atrás. Ender el superhéroe pasó por la mira en un borrón, alcanzó al niño y le devolvió la bolsa a la desencajada dama. La calle toda se detuvo y fue arropando a Ender el superhéroe con un lento manto de aplausos.

—Bienvenidos, queridos televidentes a la primera emisión de *Los juegos de Caro Cruz*, el segmento más ligero del noticiero. Y bienvenido nuestro primer invitado… ¿cómo debo llamarlo? ¿Superhombre? ¿El hombre de acero? O algo más simple y directo como: "El justiciero".

—Como quiera que sea, por favor, no me trates de usted.

—Pero es usted un héroe, a los héroes no se les trata de tú.

—Piensa que soy un héroe para niños.

—¿Es verdad, eso? ¿Es verdad que eres un héroe para niños?

—Solo los niños tienen héroes.

—En lo que sí tienes razón es que cuando chiquita no me imaginaba diciéndole a un héroe "sálveme, sálveme"

—Exacto.

—Así que te voy a tratar de tú.

—Por favor. Y si quieres, llámame superhéroe, sólo por conservar el anonimato.

—¿Anonimato? ¿Vestido de superhéroe?

—No tengo nombre. Ni casa. Ni pretensiones. Vivo el momento. Soy un superhéroe y ya.

—¿Y no se puede ser superhéroe sin un disfraz?

—Es para que los demás me crean lo que soy.

—Para que te crean.

—Si quieres hacer el bien a alguien tienes que decírselo de antemano.

—Para que no se asuste.

—Y se deje ayudar.

—¿Cómo se te ocurrió disfrazarte de superhéroe? Y no de médico o bombero.

—Fue idea de mi mujer

—Oh. ¿Y ella aprueba a su superhéroe, entonces?

—Ella no lo sabe.

— No lo sabe? Puedo preguntar... ¿por qué no lo sabe?

—Tú sabes por qué no lo sabe.

—Yo lo sé... pero quienes nos sintonizan no lo saben.

—Desapareció. No sé qué se hizo. No vayan a pensar que me dejó. No fue eso. Nos llevamos bien.

—Entonces, fue idea de ella pero comenzaste a ser superhéroe después de que ella desapareció.

—Tal vez no desapareció. Tal vez es que no ha vuelto.

—¿Por qué crees que no ha vuelto? ¿No quiere o no la dejan?

— Ella viaja mucho por trabajo.

—¿Has hablado con ella?

—Claro que no. Si no, no estaría desaparecida.

—¿No será un secuestro?

—No me han pedido rescate.

—¿La extrañas?

—...

—¿Te hace falta?

—...

—¿Desde cuándo no la ves?

—No me acuerdo. Ya no me acuerdo desde cuándo no la veo.

—Qué tristeza.

—De las cosas a las que más temo es a olvidarme de su rostro.

Cuando la luz del móvil de Macuto se encendió, Ender el superhéroe salió de nuevo de la hamburguesería. Llevaba una bolsa de migas de pan, las que se puso a dar de comer a las palomas. Las aves llegaban y llegaban como si hubieran sido convocadas con antelación y como buenas amigas encantadas de haberse reunido de nuevo se integraban al festín, poniéndose al día con deliciosos gorjeos que Ender aprendió a imitar cuando niño, soplando con la abuela la trompeta de sus manos unidas como en una plegaria.

Cuando Macuto subió la mira de su pecho a la frente, una paloma estaba trepada en la cabeza de Ender, obligándolo a ponerse de pie y revisar con la mano algún trazo de sangre. Macuto comprobó de reojo la pantalla de su teléfono que seguía poniendo: *"¡CONTESTA!"*. Macuto sabía que aquella llamada sería una llamada llena de falsa cortesía. Y con la misma amabilidad fingida, él le iría contestando la verdad: que su esposa estaba bien, que su familia estaba bien, que él estaba bien, y que le estaría agradecido por siempre por haberle devuelto la normalidad a la vida. Y ya está. No habría nada más que decir.

En plena entrevista de Ender con Caro Cruz, un avance informativo dio la noticia de que el dueño de la compañía abandonó el país luego de que un reportaje de esa emisora lo relacionó con aeropuertos clandestinos los cuales serían posibles puentes internacionales de mercancía ilegal. *¿Desde dónde estará llamando?*, pensó Macuto.

—¿Viste la tele? —le preguntó el dueño de la compañía.

—Sí señor —le contestó Macuto.

—¡Qué suerte la de ese reportero, ¿no?

—Sí señor.

Cuando Macuto cerró el teléfono, ya Ender el superhéroe había vuelto a entrar a la hamburguesería, lejos de su mira, pero el tercer riñón de Manzana estaba seguro.

Días después, Ender miraba largo hacia el horizonte de luces de las primeras horas de la noche citadina. Miranda se había ido. Ya no era parte de él. Ya no era parte de nada. Ya no era parte. Ya no era. Alguna vez el miedo a que lo dejara de querer lo hizo pensarse sin ella. Pero nunca se imaginó en el mundo sin ella. Aquello era diferente. El vacío que la reemplazaba era inabarcable. Ella había existido y ahora ya no. Ahora era nada. Como si no hubiera existido nunca. Nada. Pareciera que nadie se hubiera enterado que aquí había estado ella desde hacía mucho y hasta hacía muy poco. La Miranda más extraordinaria que hubiera existido jamás en el mundo, la Miranda de su corazón.

Allá abajo, fanáticos de equipos opuestos compartían su rivalidad en un estadio repleto; desempleados caminaban por las calles la frustración que da la inmovilidad de la pobreza; mujeres salían exhaustas de todo un día empacando alimentos, cosiendo pantalones de trabajo, preparando comida; músicos improvisados intentaban espantar el hambre conmoviendo a los transeúntes con lánguidas notas de sus instrumentos en las puertas del subterráneo; madres inventaban cuentos tan largos como la vigilia de sus hijos; espectadores rentaban aventuras para sentir en carne propia lo que no lograban vivir de otra forma; seguían las fiestas de cumpleaños, las celebraciones de ascenso, de graduaciones por estudios completados, de compromisos matrimoniales y bodas, nacimientos y bautizos, divorcios y rupturas, amigos ensalzando la amistad con sonrisas inocentes o con orgías de vértigo hasta el amanecer o el desfallecimiento; todos evadiendo el anhelo de descubrir un propósito.

Macuto Antúnez liberó a la perra de su atadura, y ella se acercó a Ender al trote. Al sentir el rumor de uñas de patas de animal Ender descruzó los brazos y volteó. Macuto supo que hizo lo debido cuando vio amanecer la sonrisa en el rostro de Ender.

—¡Perra! —dijo Ender—. ¿Dónde te metiste? —Perra le sonrió flagelándose alegre con su propia cola—. ¿Cuántos días pasaste por ahí? —Perra olisqueaba embriagada la felicidad de Ender—. Esta vez sí que tardaste demasiado, tanto, que ahora no le voy a poder contar a Miranda que volviste. —Y a perra las canicas de los ojos le bailaban junto a cada salto de coristas dichosas que daban sus orejas—. Vamos a casa, no tengo nada de comer para ti pero ya tengo trabajo por fin y puedo comprarte algo. —Mientras caminaban perra le atravesaba los túneles que él hacía con cada paso amagando con tumbarlo de felicidad—. ¡Qué bueno que volviste!

Ya en su casa, viendo en televisión un documental especial acerca de los más famosos e inolvidables accidentes aéreos de todos los tiempos, Macuto Antúnez supo que había creado un mito mundial de aquel increíble sobreviviente del avión de carga. Había quien veía muy claro que Ender salía caminando para luego perderse tranquilo en la lontananza. Había otros que lo descartaban sin más, como un defecto de la resolución o un truco que les jugó la cámara a todos. El último de los desastres aéreos del reportaje ocurría en el triángulo de las Bermudas y era tan mitológico que lo presentaron con una animación hecha a mano en la que se veía un avión a trazos de creyón blanco cruzando la noche de cartón negro en el momento en que un rayo, grueso como la demoledora ira de Zeus, lo atravesaba en dos, haciéndolo una leyenda para la historia. Cansado, Macuto bajó sus patas de elefante de la mesa de centro, se dejó arrastrar por su modorra eterna hacia el televisor, y justo después de que un extra del noticiero reportara la muerte del reportero Aristigueta "*...por la bala de un francotirador anónimo*", lo apagó.

—Tengo que comprarme una tele con control remoto.

Made in the USA
Middletown, DE
21 October 2022

13245136R10123